내과의사 고로와

유령 고로

가와후치 게이이치 川渕圭一

1959년 일본 군마(群馬)현에서 태어나 도쿄대학 공학부를 졸업했다. 직장 생활을 하다 30세에 의사를 목표로 교토대학 의과대학에 입학, 37세에 졸업했다. 1996년부터 4년 동안 대학병원에서 레지던트로 근무하면서 겪은 독특한 체험을 바탕으로, 2002년에『수련의 순정 이야기』를 출간하여 일약 베스트셀러 작가가 되었다. 현재는 병원을 개업하여 내과의사로 근무하면서 집필 활동도 계속하고 있다. 그 밖의 작품으로『우리 삼촌』,『세븐 송』등이 있다.

옮긴이 한성례 韓成禮

1955년 전북 정읍 출생으로, 시인이자 번역가로 활동 중이다. 세종대학교 일어일문과를 졸업하고, 1986년《시와 의식》신인상, 1994년 '허난설헌 문학상'을 수상했다. 시집으로는『실험실의 미인』, 일본어 시집『감색치마폭의 하늘은』등이 있으며, 번역서로는『한없이 투명에 가까운 블루』,『세계가 만일 100명의 마을이라면』,『돌에서 헤엄치는 물고기』,『1리터의 눈물』등 다수가 있다. 안도현 시선집『얼음매미』, 최영미 시선집『서른, 잔치는 끝났다』등 다수를 일본어로 번역·출간했다. '한일 전후세대 100인 시선집'『푸른 그리움』과 '21세기 한일 신예 시인 100인 시선집'『새로운 바람』은 한일 양국어로 번역했다.

내과의사

고로와 유령 고로

가와후치 게이이치 장편소설

한성례 옮김

바이북스
ByBooks

| 차례 |

불만투성이 레지던트

"이런 병원을 전전하다 보면
결국 내 뇌에도 곰팡이가 슬겠구나!"

여느 때와 같이 지하철역 6번 출구로 지상에 나왔다. 아침 햇살이 정면에서 눈에 확 비쳐 들었다. 고로는 너무 눈이 부셔 한순간 현기증이 났지만, 곧 크게 숨을 한 번 내쉬고는 병원으로 향하는 언덕길을 귀찮다는 표정으로 오르기 시작했다. 7시가 조금 지났을 뿐인데도 태양은 벌써부터 쨍쨍 내리쬐고, 뜨거운 공기가 거머리처럼 휘휘 몸에 달라붙었다. 그야말로 불쾌지수 100퍼센트인 8월 초의 아침이다.

고로는 언덕을 올라가다 멈춰 서서, 아직 구김 하나 생기지 않은 의료가방 속에서 노란 손수건을 꺼냈다. 줄줄 흘러내리는 땀을 닦으며 불쾌한 말투로 중얼거렸다.

"이렇게 급경사의 언덕길을 오르다 보면 멀쩡한 사람도 병에 걸리고 말 거야."

실제로 언덕길을 오르는 많은 환자들이 그랬다. 어깨로 헉헉 숨을 몰아쉬며 고동치는 심장을 붙안은 채 몹시 힘들어하며 올라오곤 했던 것이다. 개중에는 병원 입구의 현관에 간신히 도착하자마자 바닥에 주저앉는 환자도 있었다. 그래서 이 낡디낡은 병원이 오늘까지 어떻게든 유지되고 있는 것은, 분명 이 '심장을 고동치게 하는 언덕' 덕택이라는 설을 진지하게 주장하는 의사도 있었다. 말하자면 언덕이 급경사여서 환자가 병원을 찾아올 때마다 병세가 더욱 악화되고 처방약의 가짓수도 양도 늘어나, 결국은 입원을 피할 수 없게 돼버린다는 가설이다. 학회에서 발표할 수 있는 가설은 아니지만 어쨌든 그럴듯했다.

고로는 간신히 언덕을 다 올라와 병원 정문 앞에 서서는 한숨과 함께 입을 쑥 내밀었다. 날마다 수도 없이 보는 정문이지만 아무리 봐도 그 칙칙한 분위기는 떨칠 수 없었다.

병원 안에 발을 들여놓으니, 말린 표고버섯에서 우려낸 국물 냄새가 콧속을 쏘고 들어왔다. 냄새의 출처는 바로 왼편의

식당이었다. 고로는 무심코 얼굴을 찡그렸다.

"욱! 아침부터 속이 울렁거리네."

스물네 살의 고로는 아직도 어린애처럼 입맛이 까다로웠다. 특히 표고버섯은 맛은 둘째치고라도 그 구리구리하고 음습한 냄새가 싫었다.

'어떻게 이런 걸 먹지? 비위들도 참 좋다니까!'

고로는 코를 막은 채 식당을 지나, 중앙 진료동을 거쳐 병동으로 통하는 중앙정원을 가로질러 걸었다. 그러자 어느새 풀밭 속에서 한두 마리의 들고양이들이 눈에 띄더니, 고로 쪽을 향해 일제히 "야옹!" 하고 우는 것이었다. 한 마리는 검정색, 한 마리는 줄무늬, 또 한 마리는 흰색 바탕에 회색 얼룩이 들어간 녀석이었다. 들고양이들은 배가 고픈 듯 고로에게 다가왔다.

'움직임도 굼뜨고 두둑두둑 살도 찐 것들……. 정말 들고양이 맞아?'

고로의 이런 속내를 모르는 고양이들은 고로에게서 친밀감을 느끼는지 고로의 뒤를 졸졸 따라오고 있었다. "쉿, 쉿!" 하고 고양이를 쫓으며 고로는 또다시 불평을 했다.

"아니, 도대체 저놈들한테 먹이를 주는 바보는 누구야? 병원에 저런 불결한 놈들이 돌아다니게 하다니!"

데이토(帝都)대학 의대 부속병원 분원에 출근하고 있는 아오야마 고로(靑山吾郎)는 오늘도 이렇게 불만을 늘어놓으며 하루 일과를 시작하고 있었다.

고로는 이번 봄에 데이토대학 의대를 졸업하고 의사면허를 취득한 지 얼마 안 된 레지던트 1년차다. 다들 알다시피, 데이토대학 의학부는 일본 의학계의 최고봉이며, 그 학교 졸업생은 최고의 엘리트 의사로 대접받는다. 자타가 인정하는 엘리트 코스를 걷고 있으니 고로가 저렇게 의기양양하게 행동하는 것도 무리는 아닐 것이다. 하지만…… 고로의 마음속은 늘 불만으로 가득했다.

'세상이 온통 불합리투성이야. 납득할 수가 없어. 재미도 없고……. 의사가 되고 난 뒤론 기분이 맑았던 날이 하루도 없었던 것 같아.'

고로는 전국에서 모인 뛰어난 수재들 중에서도 특별히 우수한 의대생이었다. 졸업시험 성적도 상위 다섯 손가락 안에 들었다. 당연히 고로는 졸업 후 데이토병원 본원의 내과를 지망했다. 최첨단 의료설비에 전국적으로 이름이 나 있는 의사들 틈에서 레지던트 생활을 하기를 꿈꾼 것이다. 그런 소망이 무난히 이뤄질 걸로 알았으므로, 고로는 분원으로 배치됐다는 통보를 받았을 때 절대 수긍할 수 없었다.

"천하의 데이토병원인데 분원이라도 들어가는 게 어디야" 라고 말하는 사람들에게 고로는 '모르면 잠자코 있어!'라고 쏘아주고 싶었다. 도쿄(東京) 변두리 언덕에 우두커니 서 있는 분원은 본원과는 극과 극이었다. 의료기기가 낡고 부족한 것은 말할 것도 없고, 건물은 이미 노후화가 심해 어디서부터 손대야 할지 모르는 상태였다. 바닥이 나무로 된 복도는 군데군데 잇대어 붙인 자국투성이라 걸을 때마다 삐거덕거렸다. 미미한 바람에도 덜컹대는 창문은 밀려드는 외풍을 막지 못했다. '무균실' 벽에는 검은 몸체를 반짝이고 있는 바퀴벌레가 가끔씩 눈에 띄어 방 이름을 무색하게 했다.

건물만이 아니었다. 분원에서 일하고 있는 의사들도 마찬가지였다. 아무리 좋게 봐줘도, 출세 가도에서 밀린 한물간 의사들뿐이었다. 병원 시스템 개선이나 새로운 치료법 도입 얘기가 나오면 늘 "그렇게 되면야 좋긴 하지만…… 뭐, 이대로도 문제없잖아?"라는 대답만 되돌아올 뿐이었다. 무사안일하고 진취성이나 야심 따위는 전혀 없는 그들은 또 레지던트들에게는 잔소리도 많고 세세한 일까지 꼬치꼬치 간섭하는, 그런 뻔한 인물들이었다. "요즘 같은 세상에 이런 한가한 분위기의 병원도 흔치 않다"라는 의견도 있었지만 최신 의료기

술에 목말라 있는 고로로서는 그런 느긋한 공기를 견딜 수 없었다.

이 분원이 자랑할 만한 것은 오직 설립 100년이라는 전통뿐이었다. 고풍스러운 분위기가 온 병원 안에 감도는 분원은 의사든 환자든 일단 병원 안에 한 발을 내딛기만 해도 쇼와(昭和)시대(1926~1989, 히로히토(裕仁) 일왕의 재위 기간을 말함)의 좋았던 시절로 되돌아간 듯한 기분에 잠기는 것이다. 어쩌면 그 아련함이야말로 이 낡은 병원을 오늘날까지 지탱하게 한 생명줄이었을 것이다.

그러나 그 긴 역사도 이제 얼마 안 있으면 막을 내려야 한다. 분원은 3년 후에 폐쇄하기로 결정이 나 있었다. 그렇기 때문에 새 의료기기나 전산 시스템 도입 같은 문제들이 이제는 더욱 요원해진 것이다. 분원은 남루하고 노쇠한 모습 그대로 역사를 마감하고 있는 중이었다. 큰 사고만 나지 않기를 바라면서.

지역 주민들은 어쨌든 정든 이 병원이 지역을 위해서도 폐쇄되지 않고 그대로 존속되길 바라고 있는 것 같았다. '데이토대학병원 분원을 지키기 위한 모임'을 결성하고 서명까지 받아 대학 측에 탄원서를 제출하겠다는 말이 돌았다.

고로가 생각하기에 그것은 소용없는 일이었다. 그런 유의 반발은 어차피 받아들여질 리 없고, 시대의 도도한 흐름도 거역할 수 없다고 생각했다. 병원이 그리우면 박물관으로라도 개조해 보존하면 된다. 그게 고로의 본심이었다.

'이런 낡은 병원에서 일하는 동안, 최첨단 의료에서 나만 뒤처지는 게 아닐까?'

무엇보다 고로에겐 이런 문제가 중요했다. 이런 생각이 문득 들 때마다 고로는 불안감에 휩싸였고, 3년 후가 아니라 당장이라도 분원을 뛰쳐나가고 싶은 마음이었다.

분원의 내과 병동에 출근한 고로는 무뚝뚝한 표정으로 가운을 걸치고 즉시 일을 시작했다.

먼저 아침 식사 전의 채혈이다. 고로는 담당 환자들의 침대를 차례차례 돌며 능숙하게, 차근차근 환자의 팔 정맥에서 혈액을 채취해 나갔다. 늘 투덜투덜 불평을 해대는 고로였지만, 일처리는 빠르고 정확했다. 환자 일곱의 채혈을 끝내고 간호 데스크로 돌아온 고로는 아침 회의를 준비하기 시작했다.

그때 갑자기 등 뒤로 인기척이 느껴졌다. 고로가 뒤돌아보니, 레지던트 동료인 데쓰야(哲也)가 조심스러운 자세로 서 있었다. 동료라곤 하지만 데쓰야는 고로와는 너무나 달랐다. 소심하고 조심스럽다 못해 매사에 자신이 없어 무슨 일이든 고로에게 도움 먼저 청하고 본다.

"무슨 일 있어?"

고로가 늘 그렇듯 무심한 어조로 묻자, 데쓰야는 더듬더듬 입을 열기 시작했다.

"저, 미안한데……."

데쓰야는 채혈 세트 하나가 놓인 그릇을 손에 든 채였다. 고로는 예의 그 한심하다는 표정을 지으며 말했다.

"뭐야. 또 실패한 거야?"

"세 명까지는 순조롭게 했는데, 기타(北) 씨 채혈할 때 한 번 실패했거든……. 그분이 실눈을 뜨고 노려보는데, 그다음부턴 손이 너무 떨려서……."

"의사가 된 지 벌써 석 달째인데 어쩌려고 그래? 자신감을 갖고 바늘을 푹 찔러봐. 채혈을 그렇게 자주 실패하면 안 돼."

"하지만 기타 씨가 전에 야쿠자였다고 하니까……."

"그게 뭐 어쨌다고?"

"고로, 넌 기타 씨가 무섭지 않아?"

"야쿠자가 됐든 뭐가 됐든 간에, 우린 이제 의사야. 환자한테 약한 모습을 보여선 안 돼. 다시 한 번 해봐."

"이번 한 번만 해주면 안 될까?"

데쓰야가 애원하는 눈길로 말했다.

"하…… 오늘 한 번뿐이야?"

고로는 마지못해 데쓰야와 함께 기타의 침대로 갔다. 고로는 피도 못 뽑는 의사가 어딨냐며 항의하는 기타를 안심시키고 능숙하게 채혈을 끝냈다. 다시 간호 데스크로 돌아오자 이번에는 노리코가 채혈 밴드를 빙빙 돌리며 나타났다.

"고로, 데쓰야, 안녕! 그런데, 나 있잖아. 하야시(林) 씨 채혈을 또 세 번이나 실패했어."

머리 정수리에서 울려 퍼지는 듯한 목소리에 고로는 무심코 귀를 막았다.

노리코는 분원 내과 레지던트의 '홍일점'이었지만, 특유의 하이 톤 목소리를 빼고는 여성이라고 느껴지는 점이 하나도 없었다. 작은 일에도 지나치게 흥분하며 잠시도 가만히 있질 않는다. 그 찡찡대는 목소리와 부산한 발소리는 병원에서 상시 머무는 의료진들과 환자들이라면 누구라도 알아챌 정도로 독특하면서 시끄러웠다. 환자들에게서 "제발 부탁이니, 그 '여자' 좀 조용하게 해주세요!"라는 불평도 예사로 나왔다. 그러나 정작 노리코 본인은 모르는 눈치다.

"그런데도 하야시 씨는 항상 웃으면서 이해해 주셔. 좋은 환자분이시지? 그렇지? 하하하하!"

'환자를 세 번이나 아프게 해놓고선 뭐가 하하하야? 저런 무신경한 의사는 처음 본다.'

고로는 시선을 돌린 채 미간을 찌푸렸다.

아침 회의가 시작되기 5분 전에야 겨우 미나가와(皆川)가 나타났다.

"정말 질렸다, 질렸어!"

"선배, 어떻게 됐어요?"

데쓰야가 묻자, 미나가와는 뒤통수를 긁적거리며 말했다.

"오늘은 웬일인지 채혈이 잘됐는데 마에다(前田) 씨 얘기가 너무 길어져서 이제야 온 거야."

미나가와는 샐러리맨 생활을 '때려치우고' 의대에 다시 들어온 사람이었다. 같은 레지던트 1년차였지만 나이는 벌써 서른일곱이라 동료들은 그를 '선배'라 불렀다. 콧노래까지 부르며 느긋하게 채혈의 뒤처리를 시작한 미나가와는 다른 세 사람이 아침 회의 준비를 하고 있는 것을 알아차리고 재빨리 서두르기 시작했다.

"아, 미안! 오늘 아침 회의 있는 날이구나! 미안하지만 너희들이 먼저 프레젠테이션하고 있어. 그사이에 준비할 테니."

'미나가와 선배도, 참…… 늘 헷갈려 하고 뭐든 늦게 하잖아. 저렇게 요령부득이니, 당연히 회사에서도 버티기 힘들밖

에……'

고로는 미나가와가 대책 없이 여유를 부리는 게 너무 답답했다. 몇 살에 의사가 되든 상관할 바 아니지만 미나가와의 행동은 의사로서 가져야 할 최소한의 실무 속도에 턱없이 모자란다는 생각이었다. 다른 멤버들에 비해 항상 두세 템포가 늦다. 보고 있는 쪽이 답답해서 속이 터진다.

데쓰야, 노리코, 미나가와, 그리고 고로. 이들이 올봄 분원의 내과 병동에 배속된 레지던트 4인조였다. 고로가 보기에, 동료 세 사람은 모두 뭔가 조금 엽기적이면서 웃기는 면이 있었다. 그런 동료들을 보면서 라이벌 의식 때문에 고민할 필요는 없어서 좋았지만, 반대로 자신의 상황이 한심해지는 듯한 느낌이었다.

'이게 대체 뭐야? 무능하고 그저 그런 녀석들만 뽑아서 한 줄로 세워놨잖아. 이런 사람들과 이런 병원을 전전하다 보면 결국 내 뇌에도 곰팡이가 슬겠구나!'

고로는 한숨을 쉬었다.

데이트

의사면허를 막 딴 레지던트가 해야 할 일은 엄청나게 많다. 휴일에도 반드시 병원에 출근해서 환자 진료를 봐야 한다. 하지만 고로는 의외로 이것을 불평할 생각은 없었다. 의사를 목표로 한 이상 바쁜 것은 이미 각오한 바고, 젊은 자신이 체력 하나만큼은 타고났다고 생각했다.

그날, 다른 일요일보다 조금 빨리 아침 8시에 출근한 고로는 간호 데스크와 레지던트실을 바쁘게 드나들며 점심시간까지 진료를 마쳤다. 모두 이상 없음을 확인한 고로는 가운을 벗었다.

"먼저 가겠습니다."

고로가 자리에서 일어나자, 옆에서 처방전을 쓰고 있던 데쓰야가 부럽다는 듯이 말했다.

"벌써 가는 거야?"

"오늘 일요일이잖아. 너도 내내 일만 하지 말고 가끔씩 기분 전환 좀 해."

"나도 그러고 싶은데, 일이 금방 끝날 것 같지 않으니 문제지. 그런데 너 지금 어디 가는 거야?"

"난 알지! 고로 지금 데이트 가는 거야. 고로한테는 사랑하는 '그녀'가 있거든!"

고로의 대답 대신 노리코의 목소리가 쨍쨍 울려댔다.

'또 쓸데없는 참견 하네. 정말 성가시다……'

"야아, 좋겠네. 나도 가끔은 데이트 같은 거 하고 싶더라."

이번에는 진료기록카드를 쓰고 있던 미나가와가 고개를 들고 말했다.

'무슨 말을 하는지, 원……. 선배는 애가 둘이나 딸린 유부남이잖아요!'

고로는 이렇게 말하고 싶었지만, 빨리 병원을 나서야겠다는 생각에 인사를 서둘러 마무리했다.

"데이트하러 가는 거 아니고, PC 바꾸러 아키하바라(秋葉原, 도쿄 시내의 전자상가 밀집 지역—옮긴이 주) 가는 거야. 그럼, 다들 내일 봐요."

고로는 동료들을 뒤로하고 병원 정문을 빠져나가면서 쓴웃음을 지었다.

'정말이지, 노리코랑 같이 있으면 혼이 다 빠져. 신경은 엄청나게 둔한 주제에 눈치는 남보다 두 배나 빨라가지고……'

노리코의 추측은 적중했다. 고로는 오늘 데이트 약속이 있었다.

고로에게는 학창 시절부터 만나온 요코(洋子)라는 애인이 있었다. 요코가 나이는 한 살 아래지만 지난해 대학을 졸업하고 고로보다 먼저 사회인이 되어 잡지 편집 일을 하고 있다. 고로는 고로대로 밤낮 없이 병원에 묶여 있고, 요코는 요코대로 늘 마감시간에 쫓기는 탓에 둘은 서로 좀처럼 시간을 낼 수가 없었다. 그래서 요즘 두 사람의 데이트는 겨우 한 달에 한 번 꼴이었다.

둘은 항상 분원 가까이에 있는 호텔 로비에서 만났다. 일요일이라고 해도 언제, 어느 때 위급한 환자가 병원에 들이닥칠지 모르기 때문에 레지던트는 멀리 나갈 수가 없었다.

분원의 언덕을 내려가고 큰길을 건너 다시 언덕을 올라가자, 나무들이 줄지어 늘어선 녹음 너머로 세련된 베이지색 건물이 보였다. 이마에서 쉼 없이 흘러내리는 땀을 닦으며 고로는 호텔 입구로 향했다. 분원에서 걸어서 10분도 채 걸리지 않는 곳인데도, 이 호텔은 분원과는 완전히 다른 별천지였다. 똑같이 100년 역사라지만, 서민적이고 조잡스러운 분원과는 정반대로 호텔은 널찍하고 청결하고 분위기도 더할 나위 없이 우아했다. 물론 말린 표고버섯 국물 냄새도, 들고양이도 없었다.

어이없게도 고로는 호텔 구역 내로 들어설 즈음이 되면 자신이 의사라는 것을 실감하고, 마치 상류계급의 일원으로 대접받는 듯한 풍요로운 기분에 잠긴다. 그러고는 전도유망한 자신의 장래를 그려보며 내심 미소를 짓는 것이다.

프런트 근처 소파에 앉은 한 50대 남성이 주머니에서 회중시계를 꺼냈다. 얼굴엔 자르지 않은 수염이 더부룩하고, 이 푹푹 찌는 더위에 더블 슈트를 입고 폼을 내고 있었다.

'어디서 많이 보던 얼굴인데…… 어! 조교수 아냐?'

순간 고로는 로비의 한 기둥 뒤로 잽싸게 몸을 숨겼다.

'데이토대학 의대 조교수가 어느 부잣집 부인과 밀회를 즐기고 있구나……. 하지만 중요한 건 그게 아니지. 이런 데서 마주치는 것 자체가 서로 거북하니까, 여기에선 모르는 척해 주는 게 좋아.'

침착하게 마음을 정리한 고로는 자신도 이제 사회 생활에 다 적응한 모양이라고 만족스레 웃음을 지었다.

요코는 12시 5분 전에 나타났다.

"늦었네?"

"미안. 조금 전까지 회사에서 일하느라고."

요코는 청록색 티셔츠에 청바지 차림이었다.

'그래도 오랜만에 하는 데이튼데…….'

좀더 멋을 부리고 올 거라고 기대했던 고로는 조금 실망했다. 하지만 그것도 잠시, 금세 입가에 미소를 머금게 되었다. 상쾌하게 웃는 요코의 얼굴은 볼 때마다 고로를 행복하게 만들었다.

"그래? 일요일까지 출근이라니. 편집자도 바쁜 게 의사와 막상막하네."

근 한 달 만에 만나게 돼서 기쁘면서도, 막상 요코와 마주 앉으면 고로는 꼭 빈정대는 듯한 말을 해버렸다.

"뭔가 가시 박힌 말투인데? 일이 어려운 건 의사만이 아니네요!"

"어쨌든 사람 목숨이 왔다 갔다 하는 일은 아니니까 좀 느긋하지 않을까 싶은데."

"안 그래! 늘 마감에 쫓기는 스트레스도 만만치 않고, 직장 내 인간관계 때문에 신경도 많이 쓴다고!"

"아이고, 알았어. 이젠 차 마실 시간이 없으니 바로 식사부터 하자. 예약해 뒀어."

고로는 조교수에게 자신의 모습이 안 보이게 조심하면서 요코와 호텔 레스토랑으로 향했다.

프렌치 레스토랑의 분위기는 근사했다. 두 사람이 앉은 창가 자리에서 아름다운 정원이 보였고, 그 너머로는 푸른 하늘을 배경으로 하얀색 교회가 보이는 것이 마치 그림 같았다. 휴일의 데이트 장소로 이보다 더 좋은 곳은 그리 많지 않을 것이다. 역시 예약해 두길 잘했다고 고로는 생각했다. 그러면서도 조교수가 가까운 자리로 오지 않을까 내심 경계하고 있었다.

샴페인으로 오랜만의 만남에 건배를 하자마자, 고로는 즉시 용건을 꺼냈다.

"참, 다음 주 여행 말인데……."

레지던트가 되고 나서 고로는 세 달째 하루도 쉬지 못하고 병원에서 계속 일을 해왔다. 그런데 다음 주에는 드디어 닷새 간의 여름휴가가 예정돼 있었다. 물론 고로는 이 귀중한 휴가 를 요코와 둘이서 보내고 싶었고, 휴가 날짜를 자신에게 맞춰 달라고 훨씬 전부터 부탁해 두었다.

그런데 어찌 된 일인지 고로가 여행 얘기를 꺼내자 요코는 고개를 숙였다.

"무슨 일 있어?"

고로가 묻자 요코는 겨우 얼굴을 들었다.

"화내지 말아줘⋯⋯. 나, 휴가 못 가게 됐어."

"아니, 왜?"

샴페인 잔을 손에 든 고로의 얼굴이 일순간 굳어졌다.

"엊그제 회의에서 가을에 여성지를 창간하기로 결정됐어. 그러니까 우리 팀은 휴가를 반납하고 창간 준비를 해야 돼."

"말도 안 돼! 기차도 호텔도 이미 한 달 전에 예약해 뒀는 데!" 고로의 목소리가 무심코 높아졌다.

"아직은 취소할 수 있지 않을까?"

"정말 무슨 수가 없어?"

"어쩔 수가 없어. 이해해 줘. 여름휴가는 다들 10월까지 연기인데, 나만 빠질 순 없잖아."

"10월에 가는 게 여름휴가니?"

고로는 입을 다물고 샴페인을 홀쩍홀쩍 마셨다. 휴일의 즐거운 데이트는 갑자기 무거운 분위기로 빠져 들었다.

조교수가 젊은 여자와 함께 레스토랑에 들어왔다. 여자를 향해 뭐라고 속삭이면서 걸어오던 조교수는 고로를 발견하고 당황해하며 건너편 자리로 옮겨 갔다.

하지만 고로는 이미 눈앞이 깜깜해져서 조교수는커녕 요코의 얼굴조차 눈에 들어오지 않았다. 갑작스러운 '통보'에 음식을 먹고 싶은 마음조차 없어졌다.

유기농 야채와 바닷가재로 만든 테린(terrine, 차가운 찜요리), 호박으로 만든 차가운 포타주(potage, 수프의 일종), 소고기 등심을 파이로 싼 구이……. 차례차례 나온 요리를 두 사람은 아무 말 없이 먹기만 했다. 때때로 요코가 말을 건넸지만 고로는 건성으로 대답했다.

디저트와 커피가 나올 때야 고로는 겨우 입을 뗐다.

"레지던트가 된 다음부터는 일이 잘 풀리지 않아."

고로가 다시 입을 열자 요코는 마음이 놓였다.

"오늘 일은, 다시 말하지만 사과할게. ……그런데 뭐가 안 풀린다는 거야?"

"생각해 봐. 도대체 내가 왜 그처럼 한심하기 짝이 없는 병원에 배치된 걸까?"

“분원 얘기야? 낡긴 낡았지만 그래도 느낌은 꽤 좋던걸?”

요코의 말에 고로는 펄쩍 뛰었다.

“넌 분원에 입원해 본 적도 없으니 몰라! 어쨌든 그런 데서 일을 하면 현대 의학에 뒤처질 수밖에 없어.”

“내 생각은 다른데? 안정되고 차분한 분위기에서 진료하면 더 도움이 되지 않을까? 환자들하고도 느긋하게 얘기도 나눌 수 있고.”

“환자하고 아무리 얘기해 봐라, 의학 공부에 도움이 되나! 게다가 동기들은 하나같이 천연기념물들이야. 엽기적이기까지 해.”

“고로 씨 얘기 들으면 모두들 개성 강하고 좋은 사람들 같던데, 뭘.”

“의사가 사람 좋다는 것만으로 되는 게 아냐. 뭐라도 발전적인 게 있어야 서로 도움이 되지. 걔네들하고 같이 있으면 나마저 머리가 돌아버릴 것 같아.”

차례차례 불만을 털어놓는 고로를 향해 요코는 한숨을 쉬었다. 두 사람은 분원 얘기만 나오면 이야기가 늘 평행선을 달렸다. 그리고 라즈베리 소르베(sorbet)를 스푼으로 뜨면서 이렇게 말했다.

“좀더 좋은 쪽으로 해석할 수 없을까? 예를 들어, 분원은 현대적인 큰 병원들에 비하면 살벌하지도 않고 인간적이고 따스하다든가.”

“그렇지! 들고양이들이 여기저기서 날뛰는 게 참 정감 있지.” 고로의 빈정거림이 다시 시작됐다.

“좀 진지하게 들어.”

“나 지금 아주 진지해.”

“게다가 그 건물…… 고풍스러운 정취도 있잖아.”

“너무 정취 있어서 유령이 나올 정도지.”

“에이그, 됐어! 남의 말은 절대 안 들으려고 하지!”

“그런 것쯤은 나도 다 아는 얘기니까 그렇지.”

“하여튼 자기는 무슨 『크리스마스 캐럴(A Christmas Carol)』에 나오는 스크루지 같아.”

“크리스마스 캐럴? 아! 생각났다. 스크루지인지 뭔지 하는 고집 센 영감이 유령을 만나 마음을 고쳐먹는다는 얘기지? 그만둬. 노인이라면 몰라도 난 이제 겨우 스물네 살이야, 야심 넘치는…….”

“야심? 고로 씨의 야심이 뭔데?”

“물론, 일류 의사가 되는 거지.”

“그 일류 의사가 되기 위해 앞으로 어떻게 할 생각인데?”

“하루라도 빨리 이 지독하게 후진 병원을 탈출해서 좀더 나은 데서 레지던트 생활을 하는 거! 그리고 내년 여름엔 미국의 대학원에 진학해서 유전자 치료 쪽을 전공할 생각이고."

"……미국에 갈 거야?"

"3년간 보고 배우며 열심히 공부해야지. 귀국하면 일류 병원에서 일하며 연구를 계속하고 논문도 계속 내놓고…… 장차 대학병원에서 최고의 위치에 설 거야."

"꽤 멀리까지 계획을 다 세워놨네."

"뚜렷한 뜻이 있으니까. 장래 비전이 없는 사람이면 인생설계 같은 게 잘될 리가 없잖아? 아직 유전자 치료에 대해 사람들이 확신하지 못하고 있으니까, 난 안전하고 효력이 있는 유전자 치료를 확립하고 싶고 그 방면의 권위자가 되고 싶어."

"뭐, 유전자 치료도 좋지만…… 그래도 의사의 길에서 훨씬 더 소중한 일이 따로 있지 않을까? 예를 들면 환자들이 정말로 존경하게 되는 의사가 된다든가……."

"아까부터 자꾸 환자 얘기 하는데, 의사가 환자와 가깝다고 해서 의학이 진보하는 건 아냐. 오히려 새로운 치료법을 확립하는 게 더 중요하지. 고통받고 있는 세상 환자들을 한꺼번에 구할 수 있잖아. 환자와 교감하는 것도 중요하지만, 정작 환자들에게 필요한 건 병이 낫는 거지, 의사와 친해지는 게 아냐. 그렇게 되기 위해 내가 시간을 아껴가며 공부하지 않으면 안 되는 거야. 그게 내 사명이라 생각해."

"사명이라……."

커피잔을 입으로 가져가며 요코는 문득 고로와 처음 만난 날이 떠올랐다.

"의사가 되려는 목적이야 다들 똑같지. 한 사람이라도 더 많은 생명을 구하는 거지."

대학생이 된 요코는 그날 테니스 동아리 선배에 이끌려 새내기 환영회에 참석했다. 편안한 분위기 속에 옆 테이블에서 "넌 왜 의사가 되려고 생각했어?"라는 질문이 들려왔고, 곧이어 큰 목소리의 대답이 돌아왔다. 자신감과 확신에 가득 찬 그 목소리는 묻고 있는 쪽을 무안하게 만들 정도였다. 요코는 무심결에 목소리의 주인공을 돌아보았다.

"녀석! 예쁜 여자 새내기 들어왔다고 폼 잡네!"

"솔직하게 부와 명예를 위해서라고 말하면 안 되냐?"

'고로'라고 불린 의대 선배에게 동아리 사람들이 야유를 퍼부었다.

"정말이야! 순수하게 사람의 생명을 구하고 싶은 것뿐이야."

고로는 기가 죽지도 않고 의료 현실과 의사 본연의 모습에 대해 아주 진지하게 말하기 시작했다. 주위 사람들은 모두 흥이 깨졌다는 표정들이었다. 확실히 그의 발언 때문에 회식 자리는 분위기가 가라앉아 버린 건 사실이었다.

그러나 요코는 아무래도 좋았다. 왜냐하면 직접 보았기 때문이다. 자신의 이상을 굽히지 않고 뜨겁게 의견을 피력하는 고로의 눈동자가 반짝반짝 빛나는 것을! 또한 그것은 그 자리에 참석한 다른 누구가 아닌, 오직 요코만이 알아차릴 수 있는 것이었다.

혼자만의 '연설'을 끝낸 고로가 위스키병을 기울여 술을 따르고 물을 섞었다. 요코는 자신의 술잔을 들고 자리에서 일어나 고로의 옆 자리에 앉았다.

그날 보았던 고로의 반짝이는 눈빛, 하나의 생명이라도 더 구하고 싶다는 그날의 고로와 지금 호텔 로비에 자신과 마주하고 있는 고로는 분명 뭔가 다르다고 요코는 생각했다. 물론 고로의 말은 결과적으로 맞는 말이었다. 개개의 환자에 신경 쓰는 것보다 지금의 위치에서 더 공부하고 연구하는 게 결국에는 더 많은 사람들을 구하게 될 터였다. 하지만 요코는 뭔가가 아쉬웠다. 지난 5년 동안 고로의 내부에서 무엇이 바뀐 것일까?

　"얘기가 길어지면 끝이 없으니까 오늘은 이쯤에서 관두자."

　고로의 말에 요코는 고개를 들었다.

　"그래. 너무 전문적인 것을 말해 봤자 어차피 난 알지도 못하는 얘기니까."

　"그보다, 크리스마스 때는 꼭 비워두는 거다?"

　"알았어! 미래의 교수님."

　요코는 커피잔을 내려놓고 싱긋 웃으며 새끼손가락을 내밀었다. 고로는 겨우 만족스러운 얼굴을 하고 새끼손가락을 걸었다. 요코의 웃는 얼굴에서 어딘지 모르게 외로움이 배어 나왔다.

　'난 자기가 유전자 치료 권위자가 되는 걸 조금도 바라지 않아……'

교수 회진 전날 밤

“허허, 교수 회진은 환자에게 아무런 의미가 없대도 그러
네!”

호텔 꼭대기 층에 위치한 라운지로 자리를 옮기면서 고로
는 이렇게 단언했다.

“왜 의미가 없어? 교수가 환자를 진찰하며 돈다는 거 아주
중요한 일 아냐?”

요코는 고로를 꾸짖듯이 말했다.

“또 모르는 소리 하네. 교수는 회진 때 외에는 병동에 얼굴

한번 내비치지 않아."

"뭐? 그럼, 교수는 환자를 일주일에 한 번밖에 진찰하지 않는 거야?"

"적어도 우리 교수는 그래. 그런 상황에서 오십 명 가까운 환자를 회진 한 번으로 파악이나 할 수 있을 것 같아?"

"당연히 무리겠지. 그런데 환자의 병 상태도 모르고 어떻게 회진을 해?"

"우리 레지던트들이 매번 교수에게 브리핑하니까. 회진이 있는 날은 오전 중에 병원 내 내과의들이 모두 모여 세 시간도 넘는 회의를 해. 그 회의에서 우리는 교수나 선배들 앞에서 환자의 병 상태를 프레젠테이션하지. 환자 한 사람 한 사람에 대해 머리끝에서 발끝까지 일일이, 세세하게."

"준비 많이 해야 되겠네."

"게다가 오후가 돼서 교수가 회진할 때면 우리는 교수가 가는 곳마다 환자의 침대 곁에서 브리핑을 하지."

"정말?"

"이제 알았지? 교수 회진은 환자를 위한 것이 아니라 교수의 권위를 유지하기 위한 시스템이라니까."

"그럼, 뭔가 잘못됐잖아."

요코가 분개하며 말했다.

“이미 말했잖아. 교수 회진은 아무 의미도 없다고.”

“의미도 없는 일을 매주 반복하다니, 그것도 교수의 편리를 위해서. 너무한 거 아냐?”

“아니, 정반대야. 난 회진이 있는 화요일이 빨리 돌아오기를 학수고대하거든!”

“왜?” 요코는 이해가 안 간다는 얼굴이었다.

“환자는 몰라도 나한테는 아주 의미가 있는 날이니까.”

“무슨 말인지 통 모르겠는데?”

“회진 그 자체는 단순한 의식에 지나지 않아. 중요한 것은 사실 오전 회의지. 화요일 오전에 하는 회의가 내게는 투쟁의 장소야.”

“투쟁?”

도저히 감을 못 잡겠다는 요코에게 고로는 몸을 앞으로 내밀고 설명하기 시작했다.

“자, 들어봐. 우린 병원 내의 내과의가 총출동한 자리에서 프레젠테이션을 해. 환자의 상태를 브리핑할 때 조금이라도 미비점이나 모순이 있으면 선배들이 벌떼같이 달려들어 질문 공세를 퍼붓거든?”

“그러니까 더 힘들 것 같은데?”

“그런데 이때 기가 꺾이면 안 돼. 어떤 걸 물어도 제대로 대답할 수 있게 확실하게 이론 무장을 해놔야 돼.”

“흠…… 하지만 환자의 병 상태를 이론만으로 다 설명할 수 있나?”

“의학은 과학이야. 꼬투리 잡을 거 찾는 데 혈안이 돼 있는 교수나 선배들을 잠자코 있게 하려면 치밀하게 준비해야 돼. 데이터 분석하고 문헌 검색은 기본이야. 그런 것들을 제대로 제시하기만 하면 다들 대부분 납득하거든.”

“꽤 이론적인 회의일 것 같네.”

요코는 어깨를 으쓱했다.

“난 오전 프레젠테이션에 승부를 걸어. 교수들하고 선배들을 납득시켰으면 내 승리, 반대로 질문에 답하지 못했으면 내 자신의 패배. 회의 준비를 하는 것은 전혀 걱정거리가 아냐. 오히려 가슴이 두근거릴 정도야.”

“프레젠테이션에 승부를 건다라……?”

“사실이야. 매주 화요일은 승부를 거는 날! 지금까지는 한 번도 진 적이 없다고.”

고로는 자랑스러운 듯 숨을 들이켰다. 콧구멍이 살짝 부푼 그를 보며 요코가 말했다.

“가끔씩 져주는 것도 좋지 않을까?”

“아니, 그건 안이한 생각이야. 한 번이라도 일단 지게 되면 그게 버릇이 될 수도 있어. 지면 질수록 교수의 인정을 받지 못하게 돼. 장래를 생각하면 한 번의 실패도 용납해선 안 돼."

요코는 다시 한 번 한숨을 내쉬고 휴대전화 화면을 보며 날짜를 확인했다.

"교수 회진이 내일모레네? 이제 슬슬 준비를 시작해야 되는 거 아냐?"

"괜찮아. 난 다른 동기들하고 다르거든? 매일매일 착실하게 준비하고 있어. 지금부터 가볍게 뭐 마시러 가지 않을래? 내 휴가를 망쳐놨으니까 싫다고는 말 못 하겠지."

"좋아. 하지만 이제부턴 어려운 애긴 빼기야. 나도 내일부터 엄청 바쁘니까 오늘만큼은 골치 아픈 일은 생각하고 싶지 않아."

"알았어. 그럼 크리스마스 계획이라도 세울까?"

"아직 추석도 전인데 웬 크리스마스……. 정말이지, 성질은 엄청 급하다니까!"

둘은 호텔을 나와 지하철을 타고 밤의 긴자(銀座) 거리로 향했다.

월요일 밤, 환자 진료와 저녁 회의를 마친 데쓰야와 노리코, 고로 셋은 레지던트실에 틀어박혀 다음 날 있을 회진 준비에 착수했다.

날마다 밤늦게까지 일을 하고 있지만 회진 전날 밤은 늘 밤샘 작업이었다. 보통 데쓰야도 노리코도 미나가와도 모두 프레젠테이션에 필요한 환자의 병력 요약문을 만드는 데 온 힘을 기울였다. 가장 먼저 닭이 울고 새벽이 오고 날이 환하게 밝아오고 나서야 쓰러질 듯 피곤에 지친 3인조는 간신히 요약문을 완성시킨다.

'저렇게들 아슬아슬하게 맞추니 실수가 나올 수밖에……'

이들을 보는 고로가 매번 하는 생각이었다. 같은 밤샘이라도 고로는 다른 세 명과 레벨이 달랐다. 보통 고로는 환자의 병력 요약문을 전날까지 대부분 완성해 놓는다. 전날 밤에는 그 병력 요약을 다시 한 번 빠짐없이 체크하고 환자의 데이터를 분석해 문제점이 발견되면 문헌을 검색하는 것이다. 그리고 교수나 선배들이 할 만한 질문을 온갖 각도에서 검토해 날이 샐 때까지 차분히 대책을 세운다.

그런 고로의 눈에 동료들이 한심하게 보이는 건 당연했다.

데쓰야는 "자넨 이것도 아직 안 했나? 저것도 안 했나?"라고 지도교수에게 줄곧 야단맞고 "죄송합니다"를 반복하는 게 일상이었다. 고로는 지나치게 우유부단한 데쓰야를 보고 있는 것만으로도 화가 났다.

교수도 맘에 안 들었다. 날마다 병동에 와서 데쓰야를 지켜본다면, 저런 일은 얼마든지 막을 수 있을 텐데, 겨우 월요일 밤에 나타나 부하의 게을러 빠진 버릇을 고치겠다고 저리 소란이라니 무책임하기 짝이 없었다.

데쓰야는 그래도 지도교수가 불평을 할 만큼 하고 돌아가면 혼자서 점잖게 나머지 것들을 준비한다. 문제는 역시 노리코다. 그 소란스러움이 거의 공해 수준이었다.

아무도 물어보는 사람이 없는데도 노리코는 자신이 하고 있는 일의 진척 사항을 일일이 실황중계했다. 늘 그렇듯 귀에 거슬리는 그 쨍쨍거리는 목소리로. 게다가 꼭 아나운서를 흉내 낸 것 같은 말투까지 더해져 다른 이들의 짜증이 극에 달했다.

"긴급 상황 발생, 긴급 상황 발생. 노리코가 데이터를 잘못 이해해서 틀리게 입력하고 말았습니다. 그러나 여러분 염려 마세요. 환자 이름을 바꿔 넣기만 하면 되니까요. 네, 네. 짜잔! 자, 이것으로 환자 둘은 무사히 끝났습니다. 오호호호."

'알았어, 알았다고! 부탁이니까, 제발 조용히 좀 해줄래?'

또한 근처 분식집에서 배달 음식이 오면 노리코가 제일 먼저 달려 나갔다.

“자아, 저녁이 왔어요, 왔어! 내 오므라이스가 왔구나. 데
쓰야!”

‘조용히 좀 해라! 네 오므라이스 아무도 안 뺏어 먹는다.’

고로는 데쓰야나 미나가와도 노리코에 대해 자신과 같은
생각일 거라고 짐작했다.

미나가와는 9시가 지나서야 간신히 레지던트실로 돌아왔다.

“드디어 환자 분이 새 치료법을 이해해 주셨어.”

미나가와가 이렇게 말하고는 고로의 맞은편 자리에 쓰러지
듯 앉았다. 머리는 부스스하고 눈밑은 검어 이미 지칠 대로
지친 모습이다.

‘내일 준비는 하나도 못 한 주제에, 이 시간까지 환자와 얘
기를 하고 있었다니.’

미나가와 역시도 고로에게는 답답하게 보일 뿐이었다.

미나가와는 아직도 독수리 타법을 벗어나지 못하고 있어,
컴퓨터 키보드를 칠 때면 오른손 집게손가락만 사용했다. 게
다가 컴맹에 가까워 30분에 한 번은 머리를 긁적이며 고로에
게로 달려오곤 했다.

“또 다운됐네. 컴퓨터는 머리가 나쁜가 봐.”

20대에는 샐러리맨이었다는 미나가와, 고로는 미나가와가

도대체 회사에서 무슨 일을 했을까 항상 의문이었다. 문서 작성에는 누구보다 시간이 많이 걸리면서도 일을 가장 늦게 시작하는 사람이 미나가와였다. 당연히 아침까지 완성될 리가 없다.

미나가와보다 나이가 어린 지도교수가 "아이고, 정말 구제불능이군!" 하고 투덜대면서 미나가와의 문서를 마저 완성하는 모습은 화요일 아침의 상투적인 광경이었다.

자정이 넘어, 8월 10일 화요일이 되었다. 이 무렵이면 네 사람의 피로감이 한층 증가하는 시점이었다. 데쓰야는 눈이 게슴츠레해지고 노리코도 말수가 확 준다. 미나가와는 오른손 집게손가락을 키보드에 올려놓은 채 꾸벅꾸벅 졸기 시작한다.

'잠깐 환자라도 돌아보고 올까?'

고로는 미나가와가 깨지 않게 조용히 자리에서 일어나 병동으로 향했다. 삐걱삐걱 소리가 나는 나무 바닥 복도를 조심스레 걸어갔다. 복도에는 여전히 불이 켜져 있었지만, 쥐 죽은 듯 적막하게 가라앉은 한밤중의 분원은 언제나 기분이 나쁘다.

실제로 분원에서는 유령이 나타난다는 소문이 끊이지 않았다. 다행인지 아닌지 고로가 이제껏 유령 비슷한 것을 목격한 바는 없었지만, 외딴 병원이라면 으레 한두 개씩은 있을 법한 전형적인 이야기들이 분원에도 널리 퍼져 있었고 고로 또한 익히 들어 알고 있다. 가장 널리 알려진 것이 어느 간호사가 겪은 일이었다.

어느 날, 심야 근무를 서게 된 한 간호사가 밤 12시가 되기 직전에 병원에 도착했다. 여느 때와 마찬가지로 뒷문을 통해 병동에 들어간 간호사는 문득 인기척이 느껴져 흡연실로 눈을 돌렸다. 거기에는 환자 F씨가 혼자서 맛있게 담배를 피우고 있었다. 시선이 마주치자 F씨는 싱긋 웃으며 간호사에게 인사했다. 답례 인사를 하던 간호사는 생각했다.

'사흘 전까지만 해도 중환자실에 계셨는데 많이 건강해지셨네.'

그러고는 간호 데스크로 돌아와 입원 환자 이름이 기록된 보드를 확인했다. 간호사는 고개를 갸웃하며 중얼거렸다.

"이상하다……. F씨의 이름이 없잖아?"

그때 야근 중인 선배 간호사가 말을 건네 왔다.

"요 이틀간 휴가였지?"

"네. ……지금 흡연실에서 F씨를 봤는데, 이틀 만에 건강이 많이 호전됐던데요."

"무슨 소리야?"

선배가 의아한 얼굴로 말했다.

"네? 왜 그러는데요?"

"F씨는 어젯밤에 돌아가셨어."

순간 간호사는 등골이 오싹 얼어붙고 아연실색해 얼굴이 파랗게 질렸다.

또한 소아과 병동에서는 여자아이 유령이 병원 직원들 앞에 나타났다고 했다. 빨간색 가방을 멘 뭔가 즐거운 표정의 여자아이는 직원이 말을 건네려고 하자 갑자기 사라졌다. 그 여자아이는 15년 전, 초등학교 입학을 눈앞에 둔 초봄의 어느 날에 의료 사고로 죽었다는 소문이다.

고로는 그런 소문들을 들어도 전혀 동요하지 않았다. 병원이라면 으레 있는 얘기들이라 생각했고, 고로 자신이 과학의 힘으로 증명할 수 없는 것은 일체 믿지 않는다는 주의였기 때문이다.

2층의 간호 데스크에선 당직 간호사 두 명이서 여유롭게 근무하고 있었다. 두 사람은 고로를 흘깃 돌아볼 뿐 아무 말도 걸어오지 않았다. 고로는 간호 데스크 의자에 앉아 담당 환자의 체온과 혈압 등을 기록한 차트를 한장 한장 체크해 나갔다.

'상태가 특별히 변한 환자는 없는 것 같다. ……화장실에
들렀다가 레지던트실로 돌아갈까?'

목재 난간에 무수한 흠집이 나 있는 계단을 천천히 내려간
고로는 남자 화장실의 불을 켜며 안으로 들어섰다. 소변기 앞
에 서자, 열어놓은 창문에서 들어오는 미지근한 바람이 느껴
졌다. 화장실은 2층에도 있건만 남성용 소변기가 두 개밖에
없는 좁은 화장실이었다. 옛날식이라 두 소변기 사이에는 칸
막이 같은 것도 없어 동료나 환자와 나란히 서기라도 하면 왠
지 모르게 거북했다. 그래서 고로는 소변을 볼 때마다 일부러
1층 화장실까지 내려왔다.

볼일을 마치고 나온 고로는 큰 하품을 한 번 하고 졸린 눈
을 비비며 계단을 향해 발을 내딛었다.

그 순간, 고로는 발을 멈췄다. 아니, 걸음을 제지당했다는
편이 옳을 것이다. 분명 그것은 고로의 의지가 아니었기 때문
이다. 누군가 등 뒤에서 고로가 걸친 가운의 칼라를 잡고 놓
지 않는 듯한 느낌이 든 것이다. 고로는 정신이 번쩍 들어 되
돌아보았다. 물론 거기에는 아무도 없었다.

'기분 탓일까……? 나도 오늘은 몹시 피곤했던 모양이네.
잠깐 정원에 나가 신선한 공기라도 마시고 올까?'

고로는 직원용의 어둑한 통로를 걸어가 병원 앞뜰의 정원
으로 나가는 문을 열었다.

유령이라고?

밤 0시 30분의 정원은 고요히 가라앉아 있었다. 고로는 크게 기지개를 한 번 켰다. 오랫동안 모니터를 들여다봐 굳어 있는 목과 어깨도 빙글빙글 돌렸다. 한여름이라 해도 심야의 바깥 공기는 무척 기분이 좋았다. 무엇보다 좁은 공간에서 여러 동료들이 복닥거리느라 거의 산소 결핍 상태인 레지던트실과는 달리, 지금 정원에는 고로 자신 이외엔 아무도 없는 것이다.

"야아, 시원하다!"

고로가 다시 한 번 기지개를 켜자, 곧이어 "야옹" 하며 예의 그 고양이 울음소리가 들려왔다. 고로는 금방 기분이 확 상했다.

검정색, 줄무늬, 얼룩무늬의 들고양이 삼총사가 차례차례 어둠 속에서 모습을 드러냈다. 언제나 한 덩어리로 얽혀서 행동하는 모습이 꼭 한심한 레지던트 동료들과 같다고 고로는 생각했다.

"쉿! 저쪽으로 가! 나한테 먹이 같은 거 없어. 난 데쓰야나 미나가와 선배처럼 친절하지도 않다고!"

고로는 들고양이들을 예뻐해 쓰다듬어주고 먹이도 주면서 이 정원에 정착시킨 것은 분명 데쓰야와 미나가와라고 생각했다. 두 사람 모두 일은 제대로 못하면서 환자에게도 저런 동물들에게도 이상하게 친절한 면이 있다. "친절하기만 하고 실력이 부족한 의사만큼 무서운 건 없다"라고 누군가 말했던가! 고로도 그 생각과 완전히 일치했다.

들고양이들을 쫓으며 고로는 정원 한가운데 서 있는 피닉스 나무를 향해 걸어갔다. 아무리 도심에서 벗어난 곳이라고 해도 여긴 엄연히 도쿄 23개 구에 속한 곳인데, 왜 도쿄 시내 한복판에 이런 야자과 나무가, 그것도 한 그루만 우뚝 서 있는 것일까? 고로는 이것이 매번 궁금했다.

전해 들은 말에 의하면, 오래전에 이 분원의 외과에서 수술을 받고 무사히 퇴원한 한 환자가 치료에 대한 답례로 자신이 살던 하치조(八丈)섬의 피닉스 묘목을 가져다 정원에 심어준 것이었다. 이 야자나무는 지금은 완전히 자라 이층 건물의 병원 지붕보다도 훨씬 높이 올라가 있었다. 나무 우듬지에는 여러 갈래로 둥그렇게 늘어뜨린 커다란 이파리들이 여러 장 달려 있기까지 해, 마치 한 그루 나무 전체가 '야자나무 도깨비'같이 생긴 모습이었다. 고풍스럽고 질서정연한 분원의 정원에 남국의 정취가 물씬 풍기는 야자나무가 심어져 있는 모양은 솔직히 말해 몹시 기묘했다.

그러나 고로는 이처럼 어울리지 않는 풍경이 무척 마음에 들었다. 다른 식물을 압도하며 주위와의 조화 같은 건 상관없다는 듯 성장을 계속해, 지금은 병원을 내려다보는 위치까지 우뚝 솟은 피닉스 나무. 그 방약무인한 존재감과 압도적인 생명력이 고로의 마음을 산 것이다.

'나도 언젠가는 이 피닉스 나무처럼 압도적인 존재감을 가진 인물이 되어 세상에 큰 영향을 주는 의사가 되고 싶다.'

정원에 올 때마다 고로는 이렇게 마음속으로 맹세했다.

고로는 피닉스 나무에 기대어 한동안 멍하니 내과 병동의 불빛을 바라보고 있었다. 들고양이들이 아직도 고로 주위를 맴돌며 야옹대고 있었다.

　문득 손목시계를 보니 벌써 1시가 되어 있었다.
　'그럼, 이제 슬슬 돌아가 볼까? 3인조는 진척이 조금 있으려나? 아님 셋이 나란히 졸기 시작했을까?'
　고로가 피닉스 나무 밑에서 병동을 향하는 걸음을 막 떼려던 참이었다. 그때 갑자기 고로의 등에 미지근한 바람이 휘익 와 닿았다. 들고양들이 '야옹'인지 '꺄옹'인지 분간할 수 없는 날카로운 울음소리를 내며 앞 다투어 도망쳤다. 지금껏 본 적이 없는 날쌘 움직임이었다. 세 마리가 뿔뿔이 눈 깜짝할 새에 모습을 감추자, 정원의 깊은 어둠 속에 혼자 남겨진 고로는 순간 한 번도 겪어보지 못한 엄청난 공포심을 느꼈다. 다리가 오그라들어 그 자리에서 한 발짝도 움직일 수가 없었다.
　'대체, 무슨 일이 일어난 거지?'
　분명 고로는 뭔가 기척을 느끼고 있었다.
　'뭔가가 내 등 뒤에 숨어 있다!'
　지금 이 순간, 이 어둠과 정적 속에 존재하는 것은 그 뭔가와 자신뿐인 것이다. 고로는 파르르 몸을 떨었다.
　'혹시, 어쩌면 정말로……? 지금 내 몸이 말로는 설명할

수 없는 뭔가에, 초자연적인 뭔가에 씐 것이 아닐까?'

이런 이상한 생각이 고로의 내부에서 점차 커지더니 이내 고로의 마음속에서 온통 소용돌이치기 시작했다.

그러나 고로는 스스로가 떠올린 이상한 생각을 지워버리고자 했다.

'흐음, 어처구니없잖아. 이 세상에서 과학으로 설명할 수 없는 현상은 절대 일어나지 않아.'

이렇게 스스로 정리한 고로는 마음을 단단히 먹고 천천히 뒤를 돌아봤다.

거기엔…… 사람이 한 명 서 있었다.

연한 하늘색 환자복을 입은 젊은 남성이었다. 고로는 순간 깜짝 놀랐지만, 어쨌든 자신을 사로잡았던 이상한 기척의 정체가 실은 병원 환자였음을 확인했으므로 곧 안도의 한숨을 내쉬었다. 긴장됐던 몸도 스르르 풀리는 것 같았다.

스무 살 안팎으로 보이는 환자는 입가에 엷은 미소를 띠고 고로를 바라보고 있었다. 살결이 속이 비칠 듯 투명하고 창백한 것 외에는 특별히 이상한 점은 없었다. 병원에 있지 않다면 길에서 기타를 치며 노래를 부를 것 같은 시원한 눈매를 가진 장발의 젊은이였다.

고로는 가슴을 쓸어내리며 환자에게 말을 걸었다.

"이봐요! 이 시간에 병실을 빠져나오면 안 되잖아요!"

그러자 젊은 환자가 긴 머리칼을 쓸어 올리며 대답했다.

"잠이 너무 안 오고 답답해서 바깥 공기나 맡으려고요. 당신도 저와 같은 거겠죠?"

고로는 문득 화가 치밀었다. 환자가 '당신'이라고 부른 경우는 처음이다. 자신보다 어린 환자에게서 들으니 더욱 기분이 나빴다. 바로 조금 전까지 공포에 부들부들 떤 것도 다 잊고 고로는 발끈 화를 내며 명령조로 말했다.

"빨리 병실로 돌아가세요! 어디 입원하고 있죠? 외과 병동? 아니면 정신과?"

"내과."

"내과?"

고로는 고개를 갸우뚱했다. 내과에 입원한 환자들은 대부분 60세 이상의 할아버지나 할머니들이다. 젊은 환자가 입원하는 일 자체가 드물기 때문에 이런 젊은이가 입원하면 보통은 금방 눈에 띌 터였다.

"주치의가 누구……?"

의심스럽게 생각한 고로는 틈을 주지 않고 물었다.

"기무라(木村) 선생님."

"……기무라 선생님?"

순간 고로는 '누구지?' 하는 얼굴이 되었다가 금방 표정이
굳어지며 말했다.

"엉터리로 대답하는 거 아녜요? 내과 병동에 기무라라는
의사 없어요. 장난하지 말고 사실대로 말해요."

그러나 이 젊은 환자는 기가 죽지도 않고 오히려 고로에게
되물었다.

"넌 몰라? 기무라 선생님을?"

당연히 알고 있어야 하는 게 아니냐는 투로 물어 오면 역시
신경이 쓰인다. 고로는 다시 한 번 머릿속에서 기무라라는 성
을 가진 의사를 기억해 내려고 무진 애를 썼다.

"기무라, 기무라……. 아, 그러고 보니 테니스 동아리 선
배이고, 여기서도 근무했었던 선배가 있었지."

"생각해 냈냐?"

"하지만 기무라 선배가 분원 내과에서 레지던트로 근무하
고 있던 때는, 으음…… 분명 5~6년 전이야. 지금 선배는 미
국의 대학원에 있어."

"정답! 그 닥터 기무라야. 과연 명문대 나온 사람답게 기
억력이 굉장한데?"

젊은 환자는 엷은 웃음을 지으며 고로를 바라보았다. 고로
는 환자와 서로 반말로 대화하고 있다는 사실조차 의식하지

못한 채 점점 화가 치밀고 있었다.

"5~6년 전 주치의 애길 꺼내서 어쩌자는 거야? 나하고 장난하자고? 이젠 됐어. 어서 빨리 네 병실로 돌아가. 네 놀이에 상대해 주고 있을 만큼 한가한 사람 아냐!"

그렇게 말을 던지고 고로는 환자에게서 휙 등을 돌렸다.

'쳇, 괜히 어린 놈한테 시간만 뺏겼네……'

고로는 씩씩대며 병동을 향해 걷기 시작했다. 하지만 두세 걸음째 됐을 때 등 뒤에서 다시 가운의 칼라를 잡혔다.

"적당히 하라고!"

화가 치민 고로는 뒤돌아서자마자 젊은 환자의 가슴을 힘껏 밀쳤다.

그런데 그 순간, 고로는 무엇으로도 설명할 수 없는 현상을 겪고 말았다. 분명히 환자의 가슴을 밀친다고 밀쳤는데, 자신의 양팔이 어찌 된 일인지 그대로 환자의 몸체를 스르륵 관통해 버리는 게 아닌가!

순간 고로는 앞으로 푹 고꾸라졌다. 아주 잠시 멍해 있다가 다시 정신을 차렸을 때는 풀밭 위에 널브러진 채였다.

"돌아갈 병실이 없다."

입을 벌린 채 자신을 올려다보고 있는 고로에게 젊은 환자가 말했다.

"입원하고 있던 것도, 기무라 선생님께 신세를 진 것도, 6년 전 얘기니까."

"6년 전……."

뭐가 뭔지 알지 못한 채 고로는 중얼거렸다.

"난 지금부터 정확히 6년 전 오늘, 이 병원에 입원해 침대에 누워 있었다. 그리고 13일 후에 세상과 작별을 고했지."

고로는 넋이 나간 듯 일어설 수가 없었다. 지금 자신의 눈으로 보고 귀로 들은 그 현상을 필사적으로 분석하려고 했지만, 머릿속은 점점 더 혼란스러워져만 갔다.

"세상과…… 작별을 고했다고?"

목이 바싹바싹 마르고 좀처럼 목소리가 나오지 않았다. 젊은 환자는 그런 고로를 잠자코 내려다보고 있을 뿐이었다.

"그렇다면 넌……."

겨우 마음을 다잡은 고로가 힘들게 목소리를 짜냈다.

그러자 젊은 환자는 말했다.

"그렇다. 난 사람들이 말하는 '유령'이다."

피닉스 나무 아래서

'그럼 환상이 아니었던 거구나…….'

"아오야마 군!"

외과 과장의 목소리에 고로는 정신이 들었다.

"뭘 그렇게 넋을 놓고 있어? 자네 차례야. 어서 시작하게."

"아, 예. 죄송합니다."

당황하며 앞으로 나간 고로는 엑스레이 필름을 라이트박스에 끼우고, 병력 요약문을 OHP 위에 얹었다. 자세를 고치고 뒤를 돌아보니, 교수와 조교수 이하 의사 서른 명의 깐깐한 시선이 고로에게 쏟아지고 있었다.

고로는 프레젠테이션을 시작했다. 다른 때 같으면 단상에서 당당히 가슴을 펴고 우렁찬 목소리와 여유 있는 속도로 발표를 해나가는 고로였지만 오늘은 분명히 다른 모습이었다. 고개는 약간 숙인 채 밑을 향하고 있었으며, 얼굴은 새파래져 있었고, 목소리에도 전혀 의욕이 없었다. 발표 역시도 그저 준비해 온 문서를 그대로 읽어나가고 있을 뿐이었다. 지금 고로의 머리에는 자신이 작성한 문서의 내용조차 들어오지 않고 있었다. 눈앞에는 단지 의미 없는 문자의 나열만 있을 따름이었다. 발표가 몹시 단조롭고 지루해지자 여기저기서 입을 벌리고 하품을 하기 시작했다.

간신히 프레젠테이션을·끝내고 질의응답이 이어졌다. 그러나 고로는 선배 의사가 질문을 해도 뭘 묻는 것인지 전혀 파악조차 할 수 없어 아무것도 제대로 답하지 못했다. 이런 일은 레지던트가 된 이래 처음이었다.

"아오야마 군! 무슨 일이라도 있나? 대답을 못 하다니 자네답지 않아?"

교수의 핀잔을 들어도 고로는 "네······"라고 힘없이 대답할 뿐이었다.

오전 프레젠테이션이 모두 종료되고 점심시간이 지나 오후

의 교수 회진이 시작되었어도 고로는 변함없이 멍한 상태였
다. 교수들과 레지던트들, 그 외의 많은 의사들이 우르르 몰
려다니며 환자의 침대를 돌았지만, 고로는 건성으로 따라다닐
뿐이었다. 바로 12시간 전에 겪은 일이 고로의 머릿속을 온통
차지하고 있으면서 빙글빙글 돌고 있었다.

중앙정원의 풀밭에 누운 채, 멍하니 올려다보고 있는 고로
에게 그 젊은 환자는 자신이 유령이라고 말했다.

"내 소개를 하지. 난 6년 전 이 병원에서 죽은 기쿠치 고로
(キクテゴロ―)다."

"고로……?"

초점이 뚜렷하지 않은 눈으로 유령의 모습을 바라보면서
고로는 중얼거렸다.

"맞아, 너와 같은 이름이야. 우연이지만."

다시 긴 머리카락을 쓸어 올리며 유령 고로는 말했다.

"어, 어째서 넌…… 내 이름을 알고 있지?"

"그건, 아, 난 6년 전부터 쭉 이 병원에 있었으니까. 세 달
전 네가 이 병원에 온 날도 정확히 기억하고 있어."

"넌 죽고 난 이후로 계속 이 병원에 있는 거야?"

"그렇지."

"믿을 수가 없어……."

"유령이라는 말을 듣고 순순히 믿어주는 쪽이 이상하지."

이렇게 말하는 유령 고로가 쓴웃음을 지었다.

"그렇지만……."

혼란스러운 머리를 어떻게든 정리하려고 고로는 유령 고로에게 물었다.

"넌 왜 하필이면 내 앞에 모습을 나타냈지?"

"그건 내일 밤에 설명해 줄게."

"내일?"

"그래. 넌 앞으로 대여섯 시간 안에 프레젠테이션 준비를 마쳐야 하잖아?"

"넌 그런 것까지도 알고 있어?"

"그러니까 널 더 이상 방해하면 안 되지."

"별로…… 방해랄 것도 없어."

고로의 허세에 유령 고로가 다시 웃었다.

"제대로 준비해. 지면 안 되잖아? 출세에 영향을 주니까."

유령이 마음속을 전부 꿰뚫어 보는 듯한 생각이 들자, 고로는 화가 치밀면서도 무서운 생각이 들었다.

"그럼 또 내일 만나!"

아연실색한 표정으로 응시하는 고로에게 유령 고로가 경쾌하게 외쳤다.

"같은 시간, 같은 장소에서?"

고로는 물었다.

"응. 그래도 괜찮지?"

"……"

고로가 대답하지 못하고 잠자코 있자, 유령의 그림자는 서서히 희미해지더니 이윽고 완전히 보이지 않게 되었다.

"고로!"

데쓰야에게 등을 쿡 찔리고 나서야, 고로는 깜짝 놀라 펄쩍 뛰어 올랐다.

"뭘 그리 놀라?"

"어? 아니…… 놀라긴 누가……."

"어서 가봐. 고로 네 환자잖아."

정신을 차린 고로는 어느새 자신의 담당 환자 병실에 도착해 있었다. 환자의 침대 곁에 선 교수가 목을 빼고 고로를 찾고 있었다.

'큰일 났다!'

고로는 헐레벌떡 선배들을 제치고 앞으로 나가 교수에게 환자의 병 상태를 설명하기 시작했다.

한 바퀴 교수 회진이 끝나고 병실 밖으로 나오자, 조교수가 고로에게 다가와 가만히 귀엣말을 속삭였다.

"평소엔 안 그러던 친구가 말이야……. 여자랑 노는 것도 좋지만 적당히 해둬!"

조교수는 수염과 함께 입가가 활짝 올라갈 만큼 웃은 뒤, 가볍게 고개를 끄덕이며 고로에게서 멀어져 갔다. 정작 고로는 아무 생각이 없었다.

8월 10일 화요일의 교수 회진은 늘 하던 대로 오후 4시에 무사히 끝났다. 어젯밤부터 계속된 스트레스에서 간신히 해방된 데쓰야와 노리코, 미나가와는 레지던트실에 돌아가자마자 배 아래로부터 올라오는 깊은 안도의 숨을 내쉬었다. 그리고 서로 경쟁이라도 하듯, 양팔을 쭉 펴고 아주 기분 좋게 "우웃!" 하고 기지개를 켰다. 이 순간만큼은 아무것도 생각지 않고 머릿속을 텅 비게 해 몸과 마음 모두 풀어지도록 놔둔다. 이들에겐 일주일 가운데 가장 해방감에 잠길 수 있는 순간이며, 잠깐 동안 누려보는 평온의 시간이기도 하다.

그러나 고로만은 여느 때와 달랐다. 혼자 가만히 의자에 앉아 허공을 응시한 채 뭔가를 골똘히 생각하고 있었다.

'그냥 꿈이었던 거야, 꿈! 아니면 헛것이 보였던 게지. 그

동안 일에 너무 매달려 있던 거야. 유령이라니, 말이 돼?'

고로에게서 갑자기 자지러지는 웃음이 터져 나왔다. 동료들이 그런 고로를 빤히 쳐다보았다.

'하지만 헛것이라고 하기엔 너무 생생했는데······.'

한바탕 웃음 뒤에 잠시 생각에 잠기는가 싶더니, 고로는 쑥 일어나 아무 말도 하지 않고 방에서 나갔다.

"고로 오늘 왠지 좀 이상하지?"

데쓰야가 나머지 두 사람에게 물었다.

"그래, 맞아. 뭔가 이상해. 정말 이상해! 분명히 이상했어. 선배가 많이 따졌는데도 반론 한마디 못 했어. 고로가 그러는 거 상상도 할 수 없잖아? 놀랐어. 그런데 난 왠지 불길한 예감이 들어."

노리코는 과장되게 고개를 끄덕이고 손에 든 부채로 파닥파닥 부지런히 바람을 내며 말했다.

"평소 아무리 우수한 고로라도 살다 보면 이런 날도 있는 거지, 뭐. 그리 신경 쓸 필요 있나?"

거의 눈이 감긴 미나가와가 크게 하품을 하면서 말했다.

고로가 향하는 곳은 지하창고였다. 창고에는 이 병원에서 사망한 환자의 진료기록카드가 보관되어 있었다. 육중한 창고

문을 열자, 오래 묵은 종이 냄새와 퀴퀴한 곰팡이 냄새가 뒤섞여 고로의 코를 찔렀다. 만약 천식이라도 있는 사람이라면 틀림없이 발작을 일으켰을 것이다.

'분명히 이름이 기쿠치 고로라고 했어.'

불을 켜자마자 고로는 즉시 진료기록카드를 찾기 시작했다. 그러는 와중에도 지금 자신의 행동이 반쯤은 우습다고 생각하고 있었다.

'그딴 진료기록카드 따위가 존재할 리가 없지. 피닉스 나무 아래에서 본 것은 생각해 보면 그저 단순한 환상이었던 것 같아. 확실히 요즘 내가 너무 지쳐 있나 봐.'

그러나 어이없게도, '기쿠치 고로'의 진료기록카드가 발견됐다. 마치 고로가 읽기를 기다리고 있기라도 한 것처럼.

고로는 진료기록카드를 손에 들자 떨리는 손으로 먼지를 털어냈다. 심호흡도 크게 한 번 하고 나서, 하늘색 표지를 조심스레 펼쳤다. 첫 페이지의 '입원 경과 요약'이 제일 먼저 눈에 들어왔다.

환자명 : 기쿠치 고로, 남성, 21세.

주치의 : 기무라 준.

결과 : 사망. 병리해부는 가족의 희망에 따라 행하지 않음.

입원 기간은 6년 전의 8월 10일부터 22일까지였다. 모두 그 젊은 환자가 말했던 대로였다. 병명은 '급성 골수성 백혈병'. 단 13일간의 입원인데도 진료기록카드가 꽤 두껍고 묵직했다. 그것은 환자가 얼마나 중증이었는지를 나타내는 것이었다. 기록에 따르면, 긴급 입원을 한 그날부터 즉시 항암 치료가 시작되었지만 병세가 너무 심해 상태는 회복되지 않았다. 결국 패혈증과 폐렴 합병증으로 입원 7일째부터 의식불명에 빠졌다. 그 후, 모든 수단과 방법을 다했지만 결국 13일째 여러 부위에서 장기부전이 유발돼 죽었다.

진료기록카드를 들고 있는 고로의 손이 떨리기 시작했다.

'그럼 환상이 아니었던 거구나…….'

고로는 한동안 그렇게 어둑한 지하창고에서 우두커니 서 있었다.

"그럼 여러분 먼저 실례하겠어용!"

"나도 이제 한계다. 나 먼저 갑니다."

6시가 되자 노리코와 데쓰야가 연달아 퇴근했다.

레지던트들은 교수 회진에서 해방된 화요일만은 서둘러 집에 돌아가, 일주일분의 수면을 한꺼번에 취했다. 물론 그것도 환자의 상태에 급격한 변화가 없다는 전제하의 얘기였다.

“야…… 지쳤다, 지쳤어.”

7시가 지나자 미나가와가 탕 소리가 나게 진료기록카드를 덮었다. 일을 겨우 마친 것 같았다.

“고로, 미안하지만 나 먼저 퇴근할게.”

“수고하셨습니다.”

속으로는 ‘별로 미안할 것도 없잖아’라고 생각하며 고로는 대답했다.

“무슨 공부를 하고 있어? ……야! 어렵겠다.”

고로가 읽고 있는 영어 잡지를 어깨너머로 들여다보며 미나가와가 말했다.

“아무것도 아니에요. 지난달 발표된 최신 유전자 치료 논문입니다.”

“유전자 치료? 허허, 그런 데까지 관심이 있어? ……하지만 너도 피로가 많이 쌓인 것 같은데 좀 일찍 들어가서 쉬지?”

“전 괜찮아요. 저보다는 선배야말로 몸조심하세요. 그럼 먼저 들어가세요.”

“알았어. 내일 봐.”

거의 감기는 눈을 하고 비틀거리며 방을 빠져나가는 미나가와를 보며 고로는 ‘남 걱정 말고 선배 걱정이나 하지’라고 생각했다.

'37세나 되면 역시 철야 근무는 무리야. 힘들겠지.'

미나가와가 떠나고 혼자 레지던트실에 남겨진 고로는 다시 한 번 머릿속을 정리하려고 시도해 봤다.

'기쿠치 고로라는 환자가 6년 전에 이 병원에서 죽었다는 것은 100퍼센트 사실이며 의심할 여지가 없다. 하지만……어젯밤 내 눈앞에 나타난 그 환자가 기쿠치 고로의 혼령이라는 증거는 지금껏 아무것도 찾지 못했다. 새벽 1시가 되면 다시 피닉스 나무 아래에 가봐야겠다. 어젯밤의 그 환자가 눈앞에 다시 나타날지 이 눈으로 확실하게 확인하고 싶다. 그 건방진 환자가 진짜로 유령인지 아닌지 철저하게 따져봐야겠다. 그때까지는 이것저것 생각하지 말자. 소용없는 일이니까.'

고로는 자신을 타일렀다.

'시간은 금이야. 언제까지 이런 쓸데없는 공상만 할 거야? 이젠 공부하자. 모레 있을 스터디 그룹에서는 유전자 치료의 최신 동향과 앞으로의 전망을 발표해서 교수들을 감탄하게 만들어야 하지 않겠어? 그래야 오늘의 실수를 만회하지.'

새벽 1시의 중앙정원은 어젯밤에 비해 훨씬 더 더웠다. 그런데도 밤의 대기는 논문을 너무 많이 읽어 과열된 고로의 머리를 충분히 식히고도 남았다. 고로는 천천히 피닉스 나무 아래로 걸어가 나무뿌리 위에 걸터앉았다. 들고양이들의 울음소리는 들리지 않았고, 중앙정원은 기분 나쁜 고요함에 휩싸여 있었다.

그러나 고로는 이상하게 두렵지 않았다. 오늘 밤만큼은 그 '유령'의 정체를 확실히 밝혀내고 싶은 일념뿐이었다. 또 유령에게 큰 불만도 있었다. 레지던트가 된 이래로 화요일 프레젠테이션에서 낭패를 본 것은 이번이 처음이었다. 교수와 선배 의사들 면전에서 그 같은 창피를 당했다는 것은 고로 스스로가 용납할 수 없었다. 유령이 무섭기는커녕 생각하면 할수록 고로는 화가 치밀었다.

'모두가 그 유령 녀석 탓이다. 그 유령 자식, 네 정체가 뭐가 됐든 간에 가만 안 둔다!'

그러나 기다려도 기다려도 유령은 나타나지 않았다. 고로는 유령이 나타나기만을 벼르고 있었지만, 잠을 제대로 못 잔지 벌써 42시간째인 시점에 이르니 집중력이 떨어지고 말았다. 기어코 졸음에 휩싸였다.

꾸벅꾸벅 졸던 고로가 순간적으로 고개를 크게 꾸뻑였다.

'안 돼, 안 돼. 여기서 잠들어 버리면 아무것도 아냐.'

충혈된 눈을 한 고로는 졸음을 쫓는 데 필사적이었다.

'노래라도 부르면 좀 나을까?'

작곡을 해본 경험은 당연히 없고, 노래방도 좋아하지 않는 고로였다. 그러나 중앙정원의 고요한 이 밤에 피로에 지쳐 몽롱해진 기운 속에서 고로는 기분 내키는 대로, 생각나는 대로 흥얼거리기 시작했다.

피닉스 나무 아래서
나는 기다린다
그 유령 녀석을
오늘 밤에는 네 정체를
꼭 밝히고 말 거야

피닉스 나무 아래서
나는 기다린다
그 유령 녀석을
넌 왜 내 앞에
나타난 거야

그래, 불쾌한 녀석이지
하지만 왜 그럴까

나도 모르게
자꾸 신경이 쓰이네

굿 바이브레이션

짝짝짝짝……

스포트라이트를 집중적으로 받으며 단상에 서 있는 고로는 수천 명의 청중들로부터 기립 박수를 받고 있다. 장내가 터질 듯한 갈채다. 여기는 뉴욕의 국제회의장. 고로는 세계적으로 권위 있는 의학 저널에 기고한 논문이 높은 평가를 받아 이 세미나에 초대받아 온 것이다. 고로가 강연을 끝내자마자 회의장은 열광적인 박수 소리에 휩싸인다. 평생의 업적인 '고로표 유전자 치료법'의 참신함과 임상 실적이 드디어 전 세계적인 인정을 받은 것이다. 청중을 빙 돌아보고 한참 손을 흔들며 감개무량해하던 고로는 눈을 지그시 감은 채 오늘에 이르기까지 자신이 겪어온 고난의 날들을 떠올렸다.

그때 누군가 고로의 어깨를 툭툭 친다. 드디어 의학계에 큰 공헌을 한 사람에게만 수여되는 영예의 표창장을 받는다고 생각하는 순간, 고로는 눈을 떴다…….

정신이 들자 어느새 곁에는 어젯밤의 그 젊은 환자가 서 있었다. 고로는 눈을 비비고 그 모습을 확실히 확인했다.

'틀림없이 그 녀석이다. 드디어 나타났군, 유령 녀석!'

졸음을 떨쳐버리려는 듯 머리를 세차게 두세 번 흔들며 고로가 일어섰다.

그러자 유령 고로가 박수를 쳤다.

"어이, 꽤 근사했어!"

"뭐? 뭐가 근사하다는 거야?"

고로는 멈칫하며 기가 꺾인 채 멍한 얼굴로 유령 고로에게 물었다.

"네, 노래 말이야. 애드리브였지만 훌륭했어. 아주 훌륭해."

"장난치지 마! 진지하게 얘기하고 싶으니까."

고로는 얼굴이 새빨개졌다. 누군가 듣고 있다는 걸 알았다면 노래는 부르지도 않았을 거란 생각이었다. 그리고 그건 노래라기보단 그냥 흥얼거리는 수준이었다.

"장난치는 게 아냐. 혹시 너 의사보다는 뮤지션 쪽이 적성에 더 맞는 거 아냐?"

"잡담할 시간이 없어. 오늘은 너한테 묻고 싶은 게 많으니까."

"좋아, 뭐든지 물어봐라. 아주 진지하게 대답해 줄 테니."

유령 고로는 여유 있는 표정을 지으며 말했다.

"먼저, 넌 그러니까…… 정말로 유령이냐?"

고로는 틈을 두지 않고 곧바로 첫 질문을 했다.

"뭘 그렇게 쳐다봐? 유령이라면 다리가 없어야 된다고 생각하는 거야?"

머리 꼭대기서부터 발끝까지 뚫어지게 자신의 모습을 응시하고 있는 고로를 보며 유령 고로가 재밌다는 듯 말했다.

"어쨌든 어서 빨리 질문에 답해!"

"너무 밀어붙이지 마. 유령은 원래 말하기를 별로 좋아하지 않는데……. 아무튼 적어도 난 지금 너와 같은 세상에 살고 있진 않아."

"네가 유령이란 걸 어떻게 증명할 수 있어?"

“그렇군. 유령은 신분증 같은 게 없으니까. 그럼 다시 한 번 내 몸을 만져봐.”

유령 고로가 여봐란듯이 양팔을 쫙 펼치며 고로 쪽으로 몸을 들이댔다.

“……그건 됐어.”

어젯밤 일이 생각난 고로는 몸이 오싹해졌다.

“내가 진짜 유령인지 아닌지는 네가 믿고 안 믿고에 달려 있어.”

“증거가 없으면 믿을 수 없어.”

“그건 또 무슨 얘기야? 너처럼 똑똑한 인간들이란 과학적으로 증명할 수 없는 것은 일절 믿지 못한다는 얘기지?”

“그런 건…… 아니야.”

고로는 조금 생각하고 나서 말했다.

“네가 믿기만 한다면, 나는 분명히 유령이다. 내 몸을 직접 만져보고 경험을 했어도 믿지 못한다니 할 수 없지.”

“……알았어. 그럼 우선 믿기로 하지.”

고로는 어쨌든지 유령 녀석을 붙잡아 두어야 계속 추궁할 수 있겠다는 생각이었다.

“음. 판단이 꽤 빠르네. 이대로 입씨름만 계속하고 있다가는 날이 새버리니까.”

고로는 자신이 옳다는 듯 팔짱을 끼고 고개를 끄덕이는 유
령 고로가 너무 건방지다고 생각했다.

"두 번째 질문은, 도대체 왜 하고많은 사람들 중에서 내 앞
에 모습을 나타냈냐는 거다."

"좋은 질문이야."

"난 영적인 사람이 아니야. 태어나서 지금까지 단 한 번도
유령 따위를 본 적도, 기척을 느낀 적도 없었어."

그러자 유령 고로는 이렇게 말했다.

"'굿 바이브레이션스(Good Vibrations)'란 노래 알고 있냐?"

"굿 바이브레이션스? 갑자기 뜬금없이 웬……. 누구 노랜
데?"

"비치 보이스(The Beach Boys)야."

"음, 나도 아는 그룹이네, 알로하셔츠를 입고 '서핀 USA
(Surfin' U.S.A.)'를 부르던……. 지금은 거의 할아버지에 가까운
나이일 텐데?"

"그래. 꽤 나이를 먹었지만, 비치 보이스는 정말 위대한 그
룹이야. 기회가 있으면 너도 꼭 한번 들어봐."

"난 그런 걸 듣고 있을 만큼 한가하지 않아. ……그런데
그 '굿 바이브레이션스'란 곡이 뭐가 어쨌다는 거야? '바이
브레이션'이라면 '진동'이라는 뜻이고, 또 '영적인 기운'이란

뜻도 있지, 아마?"

"과연 엘리트라 그런지 다르군. 노래는 들어본 적도 없는 주제에 그런 것까지 아는 걸 보니."

"그러니까…… 네가 나한테서 그 바이브레이션 같은 걸 느꼈다는 거냐?"

"딩동! 난 쭉 굿 바이브레이션을 느끼게 하는 인간을 찾고 있었지. 이 병원에서 죽고 난 뒤 6년 동안 말이야."

"하지만 이 병원엔 나보다 영감이 강한 사람이 얼마든지 있었을 텐데?"

"아무리 영감이 강하다 해도 내 쪽에서 원치 않는 인간도 있는 법이다. 경솔하게 우리 얘기를 떠들어대는 족속들은 딱 질색이거든. 아주 불쾌해. 말하자면 여름만 되면 꼭 '심령 엑스파일'이라든가 '오싹하게 무서운 이야기' 같은 TV 프로가 방영되잖아?"

"지금도 분명 여름이지."

·"그건 우연의 일치다."

"게다가 아무리 봐도 너와 난 전혀 다른 타입의 인간인데? 공통점도 한 군데 없고…… 이름 말고는."

"자란 환경이 닮았다거나 성격이 잘 맞는다거나 해서가 아니라니까? 그저 순수하게 바이브레이션의 문제야. 말로는 설명할 수 없지만."

"뭐, 그럴 수도 있겠지. 뭐든지 말로 다 설명되는 건 아니니까."

고로가 빈정대는 투로 내뱉었다.

"여하튼 난 지금 겨우 '굿 바이브레이션'을 느끼는 인간을 찾아냈어. 덕분에 이렇게 모습을 드러내고 얘기할 수가 있게 됐고."

"내가 그 얘기 상대라고? 정말 어이없네."

고로는 점점 더 기가 막히다는 표정이었다.

"어이없다고?"

"그래, 거절하고 싶어. 너 때문에 내가 무슨 일을 당했는 줄 알아?"

"무슨 일?"

"어젯밤 이후로 난 일에 전혀 집중할 수가 없었어. 그 탓에 오전 프레젠테이션에서 준비도 부족한 데다 마음까지 안정되지 않아서, 나 자신조차도 뭘 발표하고 있는지 모른 채 횡설수설하다 끝났어."

"알아. 유령을 만나고 놀라지 않으면 인간이 아니지."

"선배들 질문에 아무 대답도 못 했어. 내 담당 환자 차례인 것도 몰라서 사람들 앞에서 웃음거리가 됐고. 그런 창피를 당해 본 건 태어나서 처음이야.”

“너무 허풍 떨지 마!”

유령 고로가 코웃음을 쳤다.

“허풍이 아냐! 다른 누구도 아닌 내가 그런 실수를 했다는
게 용납이 안 돼. 내 인생 최대의 오점이라고.”

“됐어, 됐어. 침착해. 한 번쯤 실수해도 되지 않나?”

“무책임한 소리 집어치워, 이 날탕 같은 놈! 전부 네 탓이
야.” 고로는 치미는 화가 가라앉지 않자 역정을 냈다.

“그대여, 걱정하지 마. 모든 일이 잘될 거야.”

유령 고로가 갑자기 노래를 시작했다. 고로는 어안이 벙벙
해져 입이 더 벌어지고 말았다.

“그대여, 걱정하지 마. 그처럼 작은 일로 끙끙대지 마! 넌
선택된 인간이니까.” 유령 고로의 노래가 계속됐다.

“선택된 인간?”

‘선택된 인간’이라는 말에 고로의 눈이 순간 반짝 빛났다.

“그래, 맞아. 분명 나는 선택된 인간이고 엘리트지.”

고로는 갑자기 무언가 생각난 듯한 표정으로 바뀌어 가슴
을 펴고 말하기 시작했다.

“네가 얘기한 대로야. 선택된 인간이 이 따위 자질구레한
일로 기가 꺾여선 안 되지. 우리는 보통 사람들보다 몇 배나

더 노력할 의무가 있으니까. 원래 엘리트란……."

유령 고로는 긴 머리칼을 쓸어 올리며 '이거 곤란하게 됐다'는 표정으로 듣고 있다가, 고로의 말을 막기라도 하듯 입을 열었다.

"나 참, 더 이상 못 들어주겠군. 네가 일류대를 나온 전도 유망한 의사일지는 모르지. 하지만 내가 말하고 싶은 것은 네가 세상에서 선택받은 그 엘리트라는 게 아니다."

"그럼 뭘 말하고 싶은 거야?"

"네가 '나한테' 선택된 인간이라고 말하고 싶은 거다."

"허허! 네가 선택하든 세상이 선택하든 난 아무 상관 없어. 그리고 미안한 얘긴데, 유령 따위에게 선택된 거 난 조금도 기쁘지 않아!"

고로는 고개를 돌렸다.

"너 말이지. 우리한테 선택되는 인간은 그리 많지 않아. 일류대 입학하는 것보다 훨씬 더 어려워."

유령 고로가 낄낄대며 웃었다.

"유령에게 선택되면 세상이 인정해 주냐? 머리가 이상해졌다는 소리 듣는 게 전부지."

"아휴. 넌 그렇게 세상의 인정을 받고 싶냐?"

"그래. 세상 모든 사람들이 훌륭하다고 인정하는 의사가 되는 게 목표다.”

“그럼, 원래 의사가 엘리트인가?”

“대부분은. 하지만 모두라고는 할 순 없어. 예를 들면……
동기인 데쓰야 같은 녀석.”

“아, 알고 있어.”

“그 녀석은 절대로 출세할 타입이 아냐. 의사지만 한심할
정도로 심약하지. 야쿠자 출신 환자에게까지 신경을 쓰고 머
리를 조아리는 녀석!”

“그런가? 꽤 겸손해서 호감이 가던걸?”

“그 정도 인물이라면 아버지 뒤를 이어 동네 의원이나 열
면 딱 맞아. 매일같이 겨우 감기약 처방이나 내주는 정도가
고작인 의사.”

“동네 의사가 뭐가 나쁘다는 거야?”

“난 나쁘다고 말한 적 없어. 그토록 노력을 해서 의사가 됐
는데 고작 그 정도인 게 싫다는 거지.”

“고작이라……. 엘리트 의사도 좋지만 한마을 사람들에게
사랑받는 서민적인 의사가 되는 것도 나쁘진 않아.”

“말도 안 돼. 대체 내가 얼마나 힘들게 노력해서 여기까지
왔는지도 넌 알지도 못하잖아?”

“그렇지. 내가 알고 있는 거라곤 지난 세 달 내내 불평만

늘어놓는 네 모습뿐이지.”

“다들 내가 선천적으로 머리가 좋은 거라고 생각하지만 그건 사실과 달라. 난 초등학교 5학년 때부터 대학 졸업 때까지 매일매일을 하루도 빠짐없이 적어도 5시간씩은 공부했어. 물론 학교 수업을 제외하고 말이야. 휴일에는 10시간 이상 했고.”

“오호, 정말 굉장한데? 내 기타 연습 시간과 비슷하구나.”

“기타? 역시 넌 길거리 뮤지션이었구나? 그 긴 머리 하며…….”

“그렇게 보여?”

유령 고로가 빙긋이 웃었다.

“의사라서 사람 보는 눈은 있네.”

“아무튼 난 앞으로도 계속 필사적으로 공부하고 연구할 생각이야. 그리고 그렇게 고생해서 세상에서 인정받지 못한다면…… 그 인생이 얼마나 허무해지겠어?”

“명성을 얻지 못한대도 환자의 존경을 받는 의사가 된다면 허무할 것도 없잖아?”

“환자에게 인정받는다고 누가 알아주기나 해?”

“실체 없는 명성 따위보다야, 매일매일 환자와 나누는 교류 쪽이 훨씬 인생의 자산이 되지 않을까?”

"아니! 난 그렇게 좁은 세계에 만족하고 싶지 않아. 동네 의사, 이런 쓰러져 가는 병원의 전문의 정도에 그치지 않을 거라고."

고로는 불쑥 화를 내며 더 이상 유령 고로의 말에 귀 기울이려 하지 않았다.

얼마간의 침묵이 흐르고, 유령 고로가 한숨을 쉬며 입을 뗐다.

"넌 아무것도 몰라."

"뭘 모른다는 거야?"

"의사가 된다는 것의 의미를."

"네가 도대체 뭘 안다는 거야? 의사인 나보다 더, 어떻게 안다는 거지? 잘난 척하는 그 말투도 그렇고, 물어보는 태도도 그렇고. 나보다 세 살이나 아래이면서."

"유령이 되고 6년이 지났으니 실제로는 내 쪽이 세 살 위지."

"죽은 뒤까지 나이를 세다니, 가당치도 않게……."

"이제 내가 유령이란 건 인정하는 모양이지? ……난 6년 동안 이 병원에서 의사나 환자의 모습을 수없이 봐왔어. 책상 머리에 앉아 공부만 하고 있는 3개월 경력의 레지던트인 너보다 환자의 기분을 훨씬 더 잘 알아."

"네 녀석은 설교하려고 내 앞에 나타난 거야?"

"그건 절대 아닌데, 네가 너무 모르니까……."

"의료 현실에 대해서 아무것도 모르는 주제에 큰소리치지 마!" 고로는 씩씩대며 코로 거칠게 숨을 내쉬었다.

"현실을 모르는 쪽은 네가 아닐까?"

한결 온화해진 표정의 유령 고로가 대꾸했다.

꼬끼오!

첫닭 우는 소리가 어디선가 들려왔다.

"어휴, 이 동네 첫닭들은 쓸데없이 일찍 일어난다니까."

유령 고로가 중얼거리듯 말했다.

고로는 손목시계를 보았다. 정확히 3시였다.

"이제 가봐야 해."

"……그런가?"

한창 열을 올리던 대화가 갑작스럽게 중단되게 되자, 고로도 당황스러웠다.

"그다음 얘기는 내일 하자. 네가 내일도 와준다면 기쁠 거야."

"……"

가만히 서 있는 고로를 두고, 유령 고로의 그림자가 서서히 엷어져 갔다. 새벽이 오기 전의 대기 속으로 천천히 빨려 들어가듯이…….

유령 고로가 완전히 사라지자, 고로는 레지던트실로 향했다. 전날 프레젠테이션 준비로 뜨겁게 달아올랐던 그 방은 집으로 돌아간 다른 동기들 덕에 적막한 순간을 맞이하고 있었다. 간이 침대에 벌렁 드러누운 고로는 방금 전 유령 고로와 주고받은 말을 머릿속에서 정리하려고 했다.

다시 한 번 닭 울음소리가 들려왔다. 고로는 깊은 잠에 빠져 들었다.

울어도 소용없잖아

"고로! 고로……!"

누군가가 멀리서 자신의 이름을 부르고 있다.

"일어나, 고로!"

앞뒤로 몸을 흔들어대는 바람에 고로는 아직 꿈에서 깨어
나지 않은 상태에서 반사적으로 윗몸을 일으켰다.

"시끄러워! 유령 주제에 나한테 이래라저래라 하지 마."

그렇게 소리를 질러놓고 담요를 머리까지 푹 뒤집어쓰더니
다시 침대에 벌러덩 드러누웠다.

“고로!”

“고로!”

“고로오!”

여러 목소리가 겹쳐 들려오다가 점점 커졌다. 억지로 담요가 걷히고 귀뺨을 연거푸 맞고서야 고로는 겨우 눈을 떴다.

“고로, 괜찮아?”

정신이 든 고로의 눈에 동료들의 얼굴이 부옇게 들어왔다.

“야아! 걱정했잖아.”

“아침부터 몇 번이나 깨웠는데도 눈을 아예 뜨지 않으니 혹시나 해서 걱정했어.”

“어디 몸이 안 좋은 거야?”

셋이 돌아가며 말했다.

“괜찮아……. 피로가 좀 쌓여서 그래.”

침대맡의 알람시계에 눈길을 준 고로는 정신이 번쩍 들었다. 5분 전 9시가 아닌가.

“이런! 아침 채혈을 해야 되는데……. 환자들이 기다리겠구나!”

고로는 벌떡 일어나 옷걸이에 걸린 가운을 움켜쥐었다.

“걱정 마. 우리가 분담해서 네 담당 환자들까지 다 마쳐놨으니까.”

데쓰야가 빙긋이 웃었다.

"오늘 수요일이잖아? 조교수의 아침 회진은?"

여전히 당황해하는 고로가 가운 소매에 황급히 팔을 끼우며 물었다.

"넌 오늘 아침 본원에 전달할 물건이 있어서 거기 갔다고 둘러댔어. 조교수가 전혀 의심하지 않던데?"

미나가와가 윙크를 했다.

"다들…… 미안하게 됐어요."

고로는 드물게 묘한 표정을 지으며 말했다.

"오케이! 오늘 점심은 고로가 쏜다!"

노리코는 늘 하던 대로 제멋대로 정했다. 하지만 오늘만큼은 고로도 노리코의 말에 승복하기로 했다. 게다가 전날에 이어 실수의 연속이라는 생각에 자신을 탓하기 시작했다.

'천하의 내가 동료들 앞에서 이런 큰 실수들을 저지르다니! 참으로 창피하구나!'

다시 화살은 유령 고로에게로 돌아갔다.

'이게 모두 그 건방진 유령 놈 때문이야!'

생각하면 생각할수록 화가 치민 고로는 오만상을 찌푸리며 환자들의 침대를 돌았다.

약속대로 오늘 점심은 고로가 샀다. 데쓰야는 새우야채볶

음국수, 미나가와는 시원한 샤브샤브정식, 고로는 햄버거정식이 각각 담긴 식판을 들고 한가운데 테이블에 앉았다. 고로는 병원 식당이 표고버섯에서 우려낸 국물 냄새가 옥에 티지만 맛은 그런대로 괜찮다고 생각했다.

고로에게 한턱을 쓰라고 한 장본인인 노리코는 막상 점심 식사에 함께하지 못했다. 담당 환자 한 명이 오전부터 위독한 상태여서 곁을 떠날 수가 없었기 때문이다. 언제나 무심결에 귀를 막게 만들 만큼 소란스러운 노리코.

'그래도 오래간만에 내가 사는 식사인데 함께 있었으면 좋았을걸.'

뜻밖에도 고로는 노리코가 없는 식사 시간이 어색하게 느껴졌다. 남자 셋은 그저 묵묵히 점심을 먹을 뿐이었다. 서로 간에 대화가 뚝뚝 끊어지고, 어쩐지 재미가 없다.

병동에 돌아오니 아직 점심시간 중인데도 간호사들이 분주하게 돌아다니고 있다. 간호 데스크에는 팽팽한 긴박감이 감돌고 있었다.

"노리코의 환자가 위험한 모양인데?"

데쓰야와 미나가와가 병실을 향해 달려갔다. 그런 두 사람을 곁눈질하면서 고로는 간호 데스크 의자에 앉아 오늘 아침의 채혈 데이터를 대충 훑어보기 시작했다.

고로도 노리코의 환자가 말기 암이라는 것을 알고 있었다.

'허겁지겁 병실로 달려가 심폐소생으로 환자의 수명을 30분쯤 더 늘린다고 무슨 의미가 있단 말인가? 이런 경우는 주제넘게 참견하지 않는 게 상책이다.'

고로의 판단은 냉정했다. 퉁탕퉁탕 소란스럽던 발소리가 이윽고 그치고, 병동은 문득 쥐 죽은 듯이 조용해졌다. 간호 데스크로 돌아온 간호사나 의사들 모두 눈길을 아래로 깔고 한마디 말도 없었다. 응급처치를 했지만 환자는 죽은 것이다.

'이제부터 오후의 회진을 시작해 볼까?'

데이터 체크를 끝낸 고로는 자리에서 일어나 조용한 복도를 걸어갔다. 병동은 답답한 분위기에 쌓여 있었지만 고로는 신경 쓰지 않았다. 내과 병동에서 환자가 죽어 나가는 것은 드문 일이 아니다. 지난 세 달 동안에만도 고로의 담당 환자가 둘이나 죽었다.

분원의 내과 병동은 낡은 온천 여관처럼 복잡하게 뒤얽혀 있는 것이 마치 미로 같았다. 원래 좁은 부지에다 억지로 건물을 덧대어 확장해 왔기 때문이다. 그것도 이젠 수십 년 전 얘기가 됐지만.

고로는 가장 '역사가 깊어' 낡은 중앙동의 환자 회진을 마치고, 비교적 새 건물인 동관으로 가려고 복도를 오른쪽으로 돌았다.

거기에 노리코가 있었다. 노리코는 넋이 나간 사람처럼 병실 앞에 우두커니 서 있었다.

"노리코 고생했어. 점심 같이 못 해서 어쩌나? 다음번에 다시 한턱 쏠게."

축축한 분위기를 떨치고자 고로는 일부러 익살맞게 말을 건넸지만 노리코는 대답이 없었다. 유심히 살펴보니 굵은 눈물이 노리코의 뺨을 타고 흐르고 있었다.

"우는 거야? 너답지 않게 무슨 일이야?"

노리코는 줄줄 흐르는 눈물을 닦으려고도 하지 않았다.

"나카무라(中村) 씨가…… 나카무라 씨가 죽었어……."

노리코는 슬픔에 북받쳐 흐느껴 울면서 말했다.

"그 마음 알아. 괴로울 거야."

"나카무라 씨…… 오늘까지 계속해서 노력해 왔는데……."

"노리코도 노력했잖아. 어쩔 수 없는 일이야."

나카무라가 내과에 입원한 것은 네 달 전이었다. 노리코는 레지던트가 된 이후로 날마다 그를 치료해 왔다. 한참을 울고 난 노리코가 조금 안정된 듯 보이자, 고로가 다시 말을 건넸다.

"계속 울어도 소용없잖아."

“그건 그래.”

“그것보다, 노리코. 해부는 어떻게 됐어?”

“어?”

“정해져 있는 거잖아? 병리해부 말이야.”

“해부는…… 안 해.”

“가족들이 승낙을 안 해줬어?”

“응.”

“확실히 부탁해 보긴 했고?”

“이노우에(井上) 선생님과 둘이서 부탁했어. 하지만 부인 되시는 분이 그냥 그대로 집에 모셔 가고 싶다고 하셔서…….”

“병리해부는 아주 중요해. 내 담당 사망 환자 둘은 모두 했었어.”

“그랬지…….”

“두 번째 환자가 사망했을 때는 가족을 설득하는 데 정말 애를 먹었어. 면담실에서 해부의 역사며 유용성이며 간곡히 설명하고 ‘의학 발전을 위해 아무쪼록 협조해 주십사’ 하고 머리를 조아리기까지 했지.”

고로가 거기까지 말하자 노리코가 불쑥 화를 내며 눈꼬리를 치켜세웠다.

“넌 모를 거야!”

"뭘?"

갑자기 단호해진 노리코의 말에 고로는 영문을 몰랐다.

"남겨진 가족들의 기분 말이야. 나카무라 씨 부부는 이 병원에서 네 달 내내 고통스러운 치료를 참아왔어."

"그러니까 병리해부를 해서 제대로 사인을 밝혀드려야 하는 게 아닐까?"

"일분일초라도 빨리 남편을 집에 모셔 가고 싶어 하는 부인의 기분, 넌 모르지?"

노리코의 질문에 고로는 차갑게 대답했다.

"그런 감상적인 말 아무리 해봤자 소용없는 일이잖아."

고로를 가만히 노려보며 노리코가 말했다.

"넌 인간도 아냐!"

노리코는 획 등을 돌린 채 간호 데스크 쪽으로 터벅터벅 걸어갔다.

'아휴……'

고로는 한 번 어깨를 위로 들썩 올렸다 내리고는 노리코의 뒷모습을 바라보았다.

7시가 넘어 겨우 병동의 일이 일단락되자, 고로는 당직실로 향했다. 내일은 스터디 그룹이 있는 목요일. 게다가 이번

주 발표는 고로 차례였다. 요 이틀간의 실수를 만회할 절호의 기회였다. 정신을 가다듬은 고로는 노트북을 열고 문서 작성에 착수했다. 그러다가 문득 뭔가가 생각난 듯 자리에서 일어났다.

사물함을 열자마자 고로는 한숨을 쉬었다. 갈아입을 셔츠도, 바지도 이미 바닥이 나 있었다. 사물함 안에 들어 있는 옷은 구겨진 와이셔츠 두 벌뿐이고, 한여름의 땀에 흠뻑 젖어 쉰내가 진동하는 속옷 더미뿐이다. 생각해 보니 월요일 아침부터 병원에만 틀어박힌 채 밖은 한 발짝도 나가지 못했다.

고로는 와이셔츠와 속옷을 비닐봉지에 한꺼번에 구겨 넣어 가방에 쑤셔 담은 다음 병원을 나왔다. 그리고 시원한 얼굴을 하고 지하철에 올라탔다. 엘리트 분위기를 풍기는 이 젊은이가 든 가방의 내용물이 땀과 몸 냄새에 찌든 지독한 악취의 속옷 나부랭이와 누렇게 변색된 와이셔츠라는 사실을 지하철 안의 어느 누구도 상상조차 할 수 없을 것이다.

집에 도착한 고로는 얼른 샤워를 하고 사흘 만에 모처럼 제대로 된 저녁식사를 했다. "바쁘더라도 가끔씩은 집에서 잤으면 좋겠다"는 어머니를 뒤로한 채 고로는 집을 나섰다. 다시 지하철에 몸을 실은 그의 가방은 세탁한 와이셔츠와 청결한 속옷으로 채워져 있었다.

고로가 레지던트실로 돌아온 것은 9시 50분이었다. 그때부터 고로는 한눈도 팔지 않고 문서 작성에 몰두했다. 다음번에 시계를 보았을 때는 벌써 새벽 1시가 지나고 있었다. 굉장한 집중력이었다. 그제서야 고로는 화장실에 가려고 자리에서 일어났을 뿐이다.

오늘 밤은 피닉스 나무 아래에 가지 않겠다는 생각이었다. 내일의 발표만큼은 보다 완벽하게 준비하고 싶었기 때문이다. 게다가 그 건방진 유령 녀석에게 또 설교를 듣게 된다고 생각하자 마음이 내키지 않았다.

그런데 어찌 된 것일까? 화장실을 나온 고로는 자기도 모르게 중앙정원으로 걸어가고 있었다. 아차 하며 깨달았을 때는 이미 피닉스 나무 아래 서 있는 때였다. 그때 유령 고로가 기다렸다는 듯이 모습을 나타냈다.

"많이 늦었다?"

"오늘은 널 만나러 온 게 아냐. 머리 좀 식히러 왔다."

고로는 일부러 쌀쌀맞게 대꾸했다.

"내일 있을 발표 준비는 완벽하냐?"

유령 고로가 허물없이 말을 걸어왔다.

"아무튼 말이지, 난······." 고로는 귀찮다는 듯 말했다.

"남한테서 이러쿵저러쿵 말 듣는 걸 좋아하지 않아. 이제 참견은 그만둬 주면 좋겠어.”

“나쁜 녀석……. 우린 낮에 엄청 한가해서 무심코 인간들을 관찰하게 된다고. 그래서 참견을 안 하려야 안 할 수가 없지.”

“낮에도 쭉 병원에 있는 거냐?”

“아니, 꼭 그렇다곤 할 수 없어. 우린 자유롭게 공간 이동을 할 수 있으니까.”

“그럼 내가 갈아입을 옷을 가지러 집에 갔다 온 것도 다 알고 있겠네?”

“하하. 지하철에서 네 속옷이 너무 썩은 내가 나서, 옆에 앉은 사람이 코를 막고 있었지?”

유령 고로는 아주 재미있다는 듯이 깔깔댔다.

“어쨌든 날 따라다니지 마. ……하루 온종일 너한테 감시당한 것 같잖아.”

고로는 자신의 마음속마저 발가벗겨진 듯한 느낌, 자신의 속까지 밖으로 샅샅이 내비치게 된 듯한 기분이 들어 부끄러우면서도 화가 났다. 고로의 얼굴이 새빨개졌다.

“착각이 심하군. 자기만 따라다니는 줄 아네? 나도 내 일이 있어.”

“여기저기 나타나서 사람을 놀라게 하는 일?”

아직 분이 삭지 않은 고로가 대뜸 되받아쳤다.

"어제도 말했지만, 우리는 그렇게 쉽사리 사람들 앞에 모습을 나타내지 않아. 내 모습이 보이는 사람은 너뿐이야. 게다가 이 피닉스 나무 아래에서 새벽 1시부터 3시까지 조건부로."

"그럼, 네가 대체 무슨 일을 하는데?"

"예를 들어, 소중한 사람을 지켜준다든가."

"소중한 사람?"

'소중한 사람'이라는 말에 고로의 귀가 솔깃해졌다.

"……가족 말이야. 너도 가족이 있겠지만……."

유령 고로가 잠시 뜸을 들이다 말했다.

"네가 이 세상에 남겨두고 간 가족?"

"그래. 우리들이 보통 하는 일이 그거지. 세상에 남겨둔 가족들을 지켜보는 일. 내 소중한 사람들이 오늘 하루도 무사하게 지낼 수 있기를……."

"흐음."

"뭐, 해줄 수 있는 것은 한정돼 있지만, 암튼 가족에게는 내 모습이 안 보이니까."

"……그렇겠군."

"솔직히 나도 살아생전엔 조상님들이 우릴 지켜준다는 속

설 같은 건 믿지 않았어. 이제 너도 알았으니까 조상님께 감사를 드려라.”

문득 고로는 유령 고로의 가족이 누가 있을지 궁금해졌다.

“……네 부모님은 안녕하셔?”

“아버지는 내가 고등학교 다닐 때 돌아가셨어. 하지만 어머니는 건강하셔.”

“그렇구나…….”

그때 고로의 뇌리에 어느 차가운 겨울 아침의 햇살이 비쳐 들었다. 그것은 어떤 병실의 광경이었다. 침대에 누워 있는 백발의 할머니는 너무 말라 앙상하게 뼈만 드러나 있었다. 이미 고통스러워하는 모습도 없이 온화한 얼굴이었다.

“할머니…… 할머니!”

고로는 할머니 곁으로 다가가 필사적으로 불렀다. 그러나 할머니는 눈을 감은 채, 고로가 부르는 소리에 대답을 하지 않았다. 호흡은 점점 더 약해지고 곧 숨이 끊어질 것 같았다. 이윽고 병실의 문이 열리고 의사와 간호사가 들어왔다. 고로는 아버지의 손에 이끌려 침대에서 멀어졌다. 그날 고로는 반 년 동안의 투병으로 고생하던 할머니의 임종을 부모님과 함께 지켰다.

고로는 맞벌이에 나선 부모를 대신한 할머니의 손에 자랐다. 그래서 할머니와 깊은 교감과 사랑을 나누며 성장한 전형적인 손자였다.

"대강 이 정도로 해두자. 오늘은 내 신상 얘기를 하려고 여기 온 게 아니니까. 이제 주제로 들어갈까?"

"……주제?"

생각에 빠져 있던 고로가 얼굴을 들었다.

"생각해 보니 어제의 네 태도는 불쾌했어."

"내 태도?"

"그래. 여자 동료에 대한 네 태도 말이야."

"아, 노리코 말인가? 그 애는 너무 감정의 기복이 심해. 환자가 죽은 걸 가지고 그렇게 울 것까진 없잖아."

"죽은 걸 가지고? 생각해 봐. 사람이 죽는 것보다 더 슬픈 일이 이 세상에 또 있을까?"

'후후……'

고로로서는 이런 유의 질문은 익숙한 것이었다. '그럴 줄 알았다'는 얼굴을 한 고로가 반격하기 시작했다.

"그런 감상적인 말에는 이제 진저리가 난다. 우린 의사야. 앞으로 사람의 죽음에 직면할 날이 수도 없이 많아. 그때마다 펑펑 울어대며 감정적으로 받아들인다면 의사 일을 일찌감치 접는 게 나아. 환자의 죽음에 좌절하고 가슴 아파하는 것보단, 다른 시급한 환자들을 한 명이라도 더 살려내는 것이 더 중요해. 의사는 냉정해야 한다는 게 내 소신이야!"

"의사 생활 1년차인데 벌써 불감증이 돼버린 거냐?"

다시 고로의 뇌리에 그 병실의 장면이 스쳐갔다.

의사가 침대 곁에 구부리고 앉아 청진기로 할머니의 가슴을 짚고 있었다. 고로는 주먹을 꼭 쥔 채 그 광경을 지켜보고 있다. 이윽고 의사가 일어서더니 조용히 손목시계를 확인했다. 모든 행동이 조심스러웠다.

"2월 8일 오전 7시 7분, 아오야마 사키 씨가 임종하셨습니다."

의사는 간호사와 함께 고개를 숙여 예의를 갖췄다. 아버지와 어머니도 눈물을 흘리며 "감사합니다"라고 답례 인사를 했다.

"왜 살려내지 못하는 거야? 살려내요!"

고로는 부모의 제지에도 침대를 향해 돌진했다. 초등학교 5학년인 고로. 할머니의 죽음을 믿을 수가 없었던 고로는 울부짖으며 왜 살리지 못하느냐고 의사를 향해 퍼부었다.

'그날이 아니었을까? 내가 의사가 되겠다고 결심했던 것은……?'

그러나 다음 순간 고로는 감상에 젖은 자신의 모습을 털어버리기라도 하듯 자신의 반론을 이어갔다.

"나도 감정은 있지. 하지만 우리 의사들은 어떤 상황에서도 감정에 지배당해서는 안 돼. 자신의 마음을 컨트롤할 수 없는 사람은 의사가 될 자격이 없어. 노리코를 봐! 싸구려 감상주의에 빠져 해부 승낙도 받아내지 못했잖아!"

"해부가 그렇게 중요해?"

"현대 의료가 이 정도까지 발전한 것은 병리해부 덕이라고 해도 과언이 아니야. 환자의 죽음을 의미 없게 만들어선 안 돼. 실제로 대학병원에서는 우수한 의사일수록 해부 승낙을 받는 비율이 높다고."

"그것은 너희 의사들의 변명이지."

"잘 들어. 난 그저 그런 의사들과는 달라. 마음 독하게 먹고, 의학 발전에 공헌해야 할 의무가 있어."

"그렇게 말하다가 너 나중에 진짜 귀신이 돼버릴걸?"

기를 쓰고 자신을 변호하는 고로에게 유령 고로가 못을 박았다.

"이 녀석, 더 이상 나한테 설교하지 말랬지? 상관 말라고!” 고로가 금방이라도 한 방 먹일 듯한 기세로 소리쳤다.

“설교가 아냐. 널 위해서 해주는 작은 충고야.”

유령 고로의 어조는 온화함을 잃지 않고 있었다.

“쳇, 별 참견을 다하고 있어!”

그때 오늘의 첫닭이 울었다.

“야, 첫닭 녀석! 오늘은 너무 이르잖아?”

“얘기는 충분히 한 것 같은데?”

말은 그렇게 하면서도 고로는 내심 시간이 그토록 빨리 지나갔다는 사실에 놀랐다.

“잊지 마. 넌 의사이기 이전에 하나의 인간이란 걸!”

유령 고로가 서서히 자신의 모습을 옅게 지워가며 말했다.

“알았으니까, 어서 가⋯⋯.”

고로가 뭔가 한마디 덧붙이려는 듯 망설이는 사이, 유령 고로의 모습이 완전히 사라졌다. 고로는 한숨을 쉬고 레지던트 실로 돌아왔다. 불을 끄고 간이 침대에 드러누운 뒤에도 한동안 잠이 오지 않았다.

‘왜 그 녀석은 쓸데없는 말만 늘어놓을까? 왜 나한테 그런 거북한 생각을 하게 만들까?’

환자는 친구가 아냐

삐삐삐, 삐삐삐, 삐삐삐!

시끄럽게 울려대는 알람 소리가 레지던트실에 울려 퍼지자
마자 고로는 튕겨 오르듯 침대에서 뛰어나왔다. 8월 12일 목
요일. 알람시계 바늘이 7시를 가리키고 있었다. 고로는 '후
유' 하고 가슴을 쓸어내렸다.

'똑같은 실수를 두 번 다시 반복해선 안 된다.'

10분 내에 이를 닦고 세수를 하고 와이셔츠를 입고 가운을
걸친 뒤 고로는 서둘러 병동으로 향했다.

레지던트실은 병동 바로 옆의 작은 조립식 건물에 있다. 방 문 앞에는 사물함과 좁은 샤워실이 있고, 방에 들어가면 책상이 둘씩 마주 보도록 놓여 있으며, 그 안쪽에 간이 침대가 하나 있다. 고로를 제외한 레지던트 세 사람은 분원에서 아주 가까운 아파트에 살고 있어서, 아무리 늦게 끝나도 자전거로 귀가할 수 있었다. 그러나 고로는 지하철로 출퇴근을 해야 하는 처지라, 밤 12시가 넘으면 집에 돌아갈 수가 없었다. 그래서 레지던트실의 간이 침대는 사실상 고로의 독차지였다.

'매일 저녁 이 방에서 숙박하는 생활 패턴이 효율성 면에서는 누가 뭐라 해도 최고지.'

오늘도 고로는 출근에 소요되는 시간이 0분이라는 게 만족스러웠다.

채혈을 비롯한 아침의 급한 일들을 끝내고 과장이 주최하는 아침회의가 끝났다. 9시 10분 전이다.

고로는 여느 때와 마찬가지로 매점에서 샌드위치와 캔커피를 사들고 와 방에서 혼자 아침식사를 했다. 9시가 지나 다시 간호 데스크에 나간 고로는 화이트보드에 게시된 오늘의 일정을 재차 확인했다.

'잘됐다. 오늘은 새로 입원하는 환자가 없다. 스터디 그룹

100

이 있는 3시까지 준비에 집중할 수 있다.'

고로는 "좋아, 좋아"라고 연방 고개를 끄덕였다. 오전 중의 회진을 빨리 끝내버릴 셈으로 간호 데스크를 빠져나왔다.

병실로 향하는 길에 미나가와가 복도 소파에 환자와 나란히 앉아 있는 게 보였다. 미나가와는 그 소파가 마음에 드는지 환자와 얘기할 때면 이곳을 찾는 일이 잦았다.

고로는 한 시간가량 환자 일곱 명의 침대를 돌며 오전 회진을 끝냈다. 간호 데스크로 돌아오면서 보니, 미나가와가 여전히 그 환자와 얘기를 하고 있었다.

'저 선배는 통 나아지질 않네. 저렇게 환자와의 수다로 시간을 죽이니, 아무리 기를 써도 일이 끝나지 않을밖에.'

레지던트실로 돌아온 고로는 즉시 책상에 앉아 스터디 그룹 준비를 시작했다. 미나가와는 오전 내내 방에 들어오지 않았다. 고로는 오후에도 방에 틀어박혀 준비에 여념이 없었는데, 그사이 몇 번 호출을 받아 병동엘 다녀올 때마다 미나가와는 복도에서 휴게실에서 환자들과 즐겁게 담소를 나누고 있었다. 그 환자들 중엔 그의 담당이 아닌 환자들도 끼어 있었다. 고로는 3시가 되기 전에 스터디 준비를 마쳤지만, 미나가와는 여전히였다.

"정말이지, 남 뒤치다꺼리 무척 좋아하는 아저씨군. 오지 랎만 넓어 가지고……."

고로는 투덜거리며 데쓰야를 데리고 미나가와를 부르러 병동엘 갔지만 소파에서도 휴게실에서도 찾을 수 없었다.

"하하하. 미나가와 선배, 분명 환자들하고 밖에 나갔을 거야. 찾지 말자."

노리코는 어제 일이 있고 난 지 하루 만에 하하거렸다. 어쨌든 고로는 노리코에 대한 부담을 더는 기분이라 다행으로 여겼다.

하는 수 없이 세 명의 레지던트는 미나가와를 빼고 회의실로 향했다.

오늘 스터디 그룹의 발제는 '유전자 치료의 최전선과 향후 전망'이었다. 고로의 발표는 막힘이 없었다. 회의실에 모인 의사들은 물론, 의대생이나 레지던트들까지도 고로를 선망의 눈길로 바라보며 넋을 잃은 채 듣고 있었다. 선배들은 모두 감탄하고 뿌듯해하는 표정으로 고개를 끄덕거렸다. "오늘 좋은 공부 하네" 식의 작은 말소리들이 오갔다. 실제로 고로의 발표는 전혀 흠잡을 데 없이 훌륭했다.

발표가 끝난 뒤 이어진 의사들의 질문에도 고로는 차근차근 대답해 나갔다. 질의응답마저 끝나고 고로가 마침내 "감사합니다"라며 인사하자, 회의실에 모인 교수, 선배, 레지던트

할 것 없이 모두가 아낌없는 박수를 보냈다.

고로는 내심 무척 기분이 좋았다. 요 이틀간의 오명을 씻게 된다고 생각하니, 마치 위산과다 증세가 한 방에 사라지는 느낌이었다.

"고로 굉장해! 정말 넌 대단한 녀석이야."

데쓰야가 감동에 찬 찬사를 늘어놓았다.

"좀 미안한데, 고로. 네 발표가 너무 수준 높은 내용이라, 난 아무것도 모르겠더라. 왓하하하!"

노리코가 호쾌하게 웃었다.

'미나가와 선배는 결국 참석하지 않았구나……'

고로가 다시 한 번 주위를 두리번대며 생각했다.

미나가와가 겨우 레지던트실에 모습을 보인 것은 5시가 넘어서였다. 지친 얼굴로 방에 들어온 미나가와는 쓴웃음을 지으며 말했다.

"야, 질렸다! 내일부터 본격적인 치료가 시작되는 환자 분이 갑자기 집에 돌아가겠다고 때를 쓰기 시작해서 말이지."

"그럼 선배, 지금까지 계속 환자 분을 설득하고 계셨던 거예요?" 데쓰야가 물었다.

"응. 병실 생활을 오래 하다 보니 지금까지 쌓인 불만이 한꺼번에 폭발한 거지. 뭐, 분명히 내 설명이 부족했던 것도 있었겠지만……. 결국 이해하실 때까지 병실에서 세 시간이나 얘기를 나눴어."

미나가와는 설명도 구구절절이었다.

"너무 힘들었겠어요. 그런데 선배, 오늘이 스터디 날이라는 거 기억하고 있었어요?"

"아아! 안 돼! ……까맣게 잊고 있었구나!"

"오늘 고로 발표 굉장했는데! 그렇지, 데쓰야?"

미나가와 옆에서 진료기록카드를 쓰면서 노리코가 말참견을 했다.

"미안, 미안. 다음번에 기회 있을 때 다시 한 번 들려줘, 고로."

미나가와는 오른손으로 뒤통수를 긁으면서 말했다. 미나가와 특유의 포즈였다.

"대단할 거 없어요. 제가 한 연구를 발표한 것도 아닌데요, 뭘." 이렇게 대답했지만 고로는 내심 미나가와가 특별히 관심이 있지도 않을 거라고 생각했다.

고로 역시 미나가와가 좋은 사람이라는 사실은 인정한다. 그러나 미나가와가 환자를 대하는 태도는 인정이 넘치다 못해 도가 지나치다고 생각했다.

예를 들어 야기(八木)라는 환자를 대하는 방법에서도 그렇다.

NHK 특파원 출신인 야기는 자유분방한 생활 방식과 과다한 음주로 인해 간장이 많이 상했고, 당뇨 합병증까지 있어 입원과 퇴원을 7년째 반복하고 있었다. 제멋대로인 성격에다 인텔리라, 환자로서는 가장 다루기 힘든 타입인 것이다. 채혈 한 번 하려면 "왜 하는 거죠?"라며 이것저것 귀찮게 묻거나, 이것이 최선의 방법이라고 생각해서 선택한 치료에도 자신은 납득할 수가 없다고 고집을 부린다. 어쨌든 자신의 마음에 들지 않는 것은 불쑥 화부터 내고 받아들이지 않는 환자였다.

그 정도뿐이라면 그래도 괜찮다. 환자로서 병원을 드나들면서도 '기자 정신'을 발휘해 병원 최고의 정보통이 됐다. 즉 의료진의 과실이라든가 간호사들의 비화에 대해서도 빠삭했다. 도대체 그런 정보는 어디서 얻는 것인지, 거의 스포츠신문 급 취재 능력을 발휘할뿐더러, 새로운 이야깃거리를 주워 듣게 되면 신이 나서 입원 환자들에게 소문을 내며 돌아다니기까지 했다.

간호사나 레지던트의 응대에도 하나하나 잔소리가 많은 야기는 병동 사람들이 가장 싫어하는 사람이었다. 그런데 그런 그의 이야기를, 불만이든 잔소리이든 언제든지 귀 기울여 들어주고 응답해 주는 사람이 있었으니, 바로 미나가와였다. 다

른 이들은 야기와 한마디라도 말 섞는 것을 몸서리쳐 하는데,
미나가와는 몇 시간이고 그의 곁에 붙어 있었다.

"미나가와 선생님. 야기 씨의 응석을 너무 받아주지 말았
으면 좋겠어요."

"그래요. 미나가와 선생님이 계속 상대해 주니까, 최근에
는 아예 대놓고 함부로 행동하는 것 같아요."

"마치 자기가 환자 대표라도 되는 줄 아나 봐요. 이젠 포기
했다니까요."

이것은 간호사들이 참다 못해 미나가와에게 한 호소였다.

"미나가와 선생님 뻔뻔하다고 생각되지 않으세요? 자기 혼
자만 환자들에게 천사표 얼굴을 하고."

"정말이에요. 완전히 우리들만 나쁜 사람으로 만들잖아
요?"

"아무튼 미나가와 선생님의 느긋한 페이스에 맞추다 보면,
시간만 흘러가고 일은 끝나지 않아요."

"우리들 입장도 생각해 줬으면 좋겠어요."

이것은 간호사들끼리의 험담이었다.

그리고 이런 말들은 고로의 귀에도 종종 들려왔다.

'이처럼 환자가 제멋대로 병원을 휘젓고 다니는데도 뭐든
지 다 받아주니, 결과적으로 많은 동료들에게 폐를 끼치고 있

다는 것을 선배는 알기나 할까?'

고로가 보기에 미나가와가 동료들에게 끼치는 폐는 한두 가지가 아니었다. 프레젠테이션 준비를 제대로 못해 직속 선배들이 나서서 대신 해주는가 하면, 환자들을 오래 잡고 있느라 간호사들의 업무를 밀리게도 하는 것이다. 그러다 보면 미나가와도 본인이 해야 할 다른 일들에 손댈 수 없게 돼버리는 건 당연했다.

저녁 6시 반, 고로는 지도교수와 둘이서 면담실로 향했다. 오늘은 어떤 환자와 그 가족을 대상으로 병상 설명을 실시하게 되어 있었다. 정밀검사에서 암이 진행되고 있다는 진단을 받은 환자인데, 다음 주부터 항암 치료가 시작될 예정이었다. 드물게 접하는 증상은 아니고 오히려 흔한 케이스의 암이었다.

설명은 딱 30분 만에 끝났다. 고로는 정밀검사 결과와 지금부터 실시하는 치료에 대해 명확하고 부족함 없이 설명했다. 앞으로 일어날 수 있는 치료의 부작용에 대해서도 빠짐없이 언급했다. 거의 완벽에 가까운 내용이었다. 환자나 가족도 추가적인 설명이나 질문이 필요 없다는 듯 끝까지 점잖게 고로의 설명을 듣고 있었고, 지도교수 역시 만족해하며 옆에서 고개를 끄덕이고 있었다.

"자네, 굉장하군. 내가 나설 일이 거의 없었어."

면담실을 나오며 지도교수가 감탄한 듯 고로에게 말을 건넸다.

"아닙니다. 아직 많이 서툴죠."

고로는 일단 겸손하게 말했지만 내심 자신의 설명에 충분히 만족했고 기뻤다.

"괜찮아. 그 정도만 제대로 설명해 두면, 만약 무슨 일이 일어난다 해도 안심이야."

"만일 예측하지 못한 사태가 일어난다 해도, 환자나 가족에게 고소당할 일이 없다는 말씀이시군요."

"그렇지. 뭐, 자네가 주치의를 맡고 있는 한 그런 일은 일어나지도 않겠지만."

지도교수는 고로의 어깨를 툭 치고 연구실로 돌아갔다. 고로는 간호 데스크에 남아 일곱 환자 분의 진료기록카드를 마저 썼다.

레지던트실에 돌아가 숨을 돌린 고로는 오늘 있었던 일을 돌아보았다. 모두 자신의 생각대로 잘 진행된 하루였다. 고로는 빙그레 웃으며 간이 침대에 드러누웠다. 기분 좋은 피로감에 흐뭇해하던 고로는 어느새 깊은 잠에 빠져 들었다.

고로가 잠에서 깼을 때는 밤 12시를 지나고 있었다. 한밤 중의 텅 빈 레지던트실은 불이 켜져 있음에도 고요히 가라앉 아 있었다. 다른 세 명은 이미 귀가한 모양이었다.

고로는 눈을 뜨고도 한동안 침대에 누운 채 생각에 잠겨 있 었다.

'오늘 밤도 유령 녀석을 만나러 갈까?'

고로는 혼란스러웠다. 유령 녀석을 만나면 만날수록, 얘기 를 하면 할수록 불쾌해져 다시는 보지 않겠다고 매번 다짐하 건만, 어찌 된 일인지 지금 자신의 마음이 동요하고 있는 것 이다. 마땅한 결론을 내리지 못한 채로 고로는 몸을 일으켰 다. 우선 세수를 하고 가운을 입은 뒤 병동으로 향했다.

"어머! 아오야마 선생님."

간호 데스크에서 환자의 병 상태를 체크하며 내일의 지시 서를 쓰고 있는 고로에게 간호주임이 말을 걸어 왔다. 약간 통통한 몸매에 검정 뿔테 안경을 쓴 간호주임은 평소 레지던 트들에게 까다롭고 깐깐하게 구는 것으로 유명하지만, 고로와 마주하면 태도가 180도로 바뀌어 달콤한 목소리의 소유자가 된다.

"선생님 지시는 항상 매우 치밀하고 명확하기 때문에 저희가 일하기가 수월해요.”

주임이 고로에게 다가왔다.

“다들 그 정도는 한다고 생각합니다만.”

고로가 한 발 뒤로 물러나며 말했다.

“다른 레지던트들은요, 지시서가 허점투성이라 저희가 골 탕을 너무 많이 먹어요. 어떻게 의사가 될 수 있었는지 모르 겠어요.”

“네에……”

교대 시간에 맞춰 일을 끝낸 다른 간호사 셋이 킥킥 웃으며 주임과 고로의 곁을 지나갔다.

“거기에 비하면 아오야마 선생님은 참 훌륭하세요. 선생님 의 지시는 언제나 완벽해요. 게다가 선생님의 글씨는 깨끗하 니까 읽기도 쉬어요.”

주임이 매력 있게 보이려는 그 특유의 미소를 지어 보였다.

“그런가요?”

고로는 무뚝뚝하게 대답하면서 손목시계에 눈을 돌렸다. 시곗바늘은 1시를 가리켰다.

“이제 그만 가보겠습니다.”

“아! 그렇군요. ……그런데 선생님, 아무리 젊다고는 하지 만 너무 무리하시면 안 돼요. 가끔씩은 쉬셔야죠.”

주임의 말에는 몹시 아쉽다는 감정이 묻어났다.

"네. 지금부터 방에 돌아가 쉬려고요."

간호주임의 뜨거운 시선을 온 등으로 느끼면서 고로는 간호 데스크를 뒤로했다. 그러나 고로의 발걸음은 레지던트실이 아닌 다른 곳을 향하고 있었다.

어젯밤과 비교하면 바람이 약간 불어 산책하기에 그런대로 괜찮은 밤이었다. 고로는 천천히 피닉스 나무 쪽으로 걸었다. 고로가 도착함과 거의 동시에 유령 고로가 모습을 나타냈다.

"야!"

고로가 유령 고로를 향해 말을 걸었다.

"허허, 네가 먼저 말을 걸어오다니! 오늘은 기분이 좋은가 보네?"

유령 고로가 변함없이 차가운 미소를 띠며 말했다.

"뭐, 그냥……."

"뭐 좋은 일이라도 있었나 봐?"

"응, 그래."

사실 고로는 낮에 있었던 일을 누군가에게 자랑하고 싶어 입이 근질근질했다. 그런 고로의 기분을 간파한 것처럼 유령 고로가 선수를 쳤다.

“오랜만에 간호주임도 만났고?”

이 말에 이어 유령 고로의 킥킥하는 웃음이 이어졌다.

“장난치지 마!” 고로가 무심결에 화를 냈다.

“농담이야, 농담. 그렇게 화내지 마.”

“몇 번이나 말해야 알겠어? 너와 농담이나 하고 있을 만큼 난 한가하지 않다고!”

“알았어. 그럼 진지하게 얘기해 보자. 도대체 좋은 일이 있었다는 게 뭐야?”

유령 고로가 마치 달래듯 물었다.

“음…… 먼저 스터디 그룹 얘긴데, 교수도 선배들도 내 발표를 100퍼센트 인정해 줬어.”

살짝 기분이 나아진 고로가 고개를 약간씩 끄덕이며 자랑스레 말했다.

“아아, 나도 조금 들었어. 유전자 치료에 대한 발표였지? 네 말대로 모두들 감탄하고 있더군.”

“너도 조금은 흥미가 생겼냐?”

“아니. 교수 무리들은 받아들일 수 있는 내용일지 모르지만, 그건 일반 사람들이 알 수 있는 내용이 아니야. 난 전혀 알아들을 수가 없었어.”

“일반 사람?”

고로가 무슨 말인지 모르겠다는 표정으로 물었다.

"우리 같은 일반인들. 의학에 대한 전문지식이 없는 일반인들 말야."

"그건 어쩔 수 없지. 일반 사람들이 이해할 수 없다는 건 당연하지."

"아무튼 교수들에게 좋은 평가를 받았다니 잘됐다. 그거 말고 또 좋은 일은?"

"음, 저녁 때 환자에게 병상 설명을 한 것도 꽤 잘됐어."

"암 진단을 받은 환자와 그 가족에게 했던 설명 말이냐?"

"맞아. 어떤 건지 너도 잘 알겠지?"

"전혀."

유령 고로는 곧바로 고개를 가로저었다.

"어? 모른다고?"

예상외의 반응에 고로가 곧바로 대꾸했다.

"응. 난 전혀 알아들을 수 없었어."

"그처럼 간단한 설명을 못 알아들었다는 거야?"

"원래 우리들은, 그러니까 일반인들은 너희와는 달라. 너희들이 보기엔 아주 간단한 의학적 지식이라도 우린 모르지. 자신이 암에 걸린다는 생각을 해보지도 않고."

"그래도 의사들이 시간을 들여서 알기 쉽게 설명하잖아."

"아무리 설명을 잘해도 30분 남짓하는 시간에 환자를 납득시킬 순 없어."

"그럴 리가……. 설명이 끝나고 환자나 가족이 질문을 하나도 안 해! 그건 내 설명을 잘 납득했다는 증거야."

"어유……." 유령 고로는 긴 머리카락을 쓸어 올리고 나서, 잠깐 틈을 두고 말했다.

"넌 정말 몰라도 너무 몰라. 환자는 말이지, 지금 막 암 선고를 받고 충격을 받아 정신없는 상태야. 머릿속엔 암, 암, 암, 그것만으로 가득 차 있어. 그래서 냉정하게 따지고 이것저것 질문할 여유가 없다고. 게다가 그렇게 많은 정보를 한꺼번에 얘기하면 무엇부터 질문해야 할지조차 모르게 돼."

"어쩔 수가 없잖아. 우리는 환자에게 모든 정보를 전해야 할 의무가 있고, 그걸 한정된 시간 내에 절차에 따라 마쳐야 하니까. 어쨌든 커뮤니케이션이 중요하단 건 알아."

"커뮤니케이션?"

"그래. 요즘은 의사도 꽤 힘들어. 환자나 가족하고 미리 충분한 커뮤니케이션이 오가지 않으면, 나중에 문제가 생겼을 경우 환자들은 곧바로 소송부터 걸어."

그러자 유령 고로가 질렸다는 듯한 표정으로 말했다.

"허…… 네 설명은 전혀 커뮤니케이션이 아냐. 그건 의사의 위치에서 환자에게 일방적으로 통보하는 거지.”

“환자가 질문을 안 하는데 어쩔 수 없는 거 아냐?”

고로가 뿌루퉁한 얼굴로 말했다.

“그건 네가 ‘편안한’ 의사가 아니니까 그렇지.”

“편안한 의사?”

“환자들은 너한테 마음 편하게 말을 걸 수가 없어. 넌 환자가 가까이 다가갈 수 없는 분위기를 온몸에서 발산하고 있으니까.”

“내가?” 고로가 뜻밖이라는 표정으로 되물었다.

“그래. 너 자신은 느끼지 못하겠지만.”

“그럼 어떻게 해? 미나가와 선배처럼 낮이고 밤이고 환자를 상대하고 있으란 말이냐?”

“미나가와? 아! 그 아저씨 레지던트 말이구나?”

“그 선배는 환자와의 사이에서 선을 긋지 못해. 환자하고 너무 깊이 연관돼 버려. 그건 의사라기보다는 완전히 환자의 용건을 들어주는 카운슬러일 뿐이야.”

“하하하. 의사가 환자의 용건을 들어주는 것이 얼마나 좋은 일인지 아냐?”

“농담 아냐. 의사는 나름대로 위엄을 가져야 해. 아무리 환자와 의사소통이 잘돼도 정작 중요한 순간에 도움이 되지 않으면 아무런 의미가 없어. 위급한 경우에는 오히려 방해가 될 수도 있고."

"그럴까? 적어도 너 같은 일방통행인 의사보다는 훨씬 낫다고 생각하는데?"

유령 고로의 말에 고로가 발끈 화를 냈다.

"잘 들어. 의사는 환자의 친구가 아냐. 그런 일에 신경 쓸 게 아니라, 병을 고치는 데 전념해야 돼." 고로는 단호했다.

"넌 모를걸? 네 설명을 듣고 병실로 돌아간 그 환자가 침대 위에서 몇 시간 동안 하염없이 울기만 했다는 걸."

유령 고로의 이 말이 고로에게 잔잔한 파문을 던졌다.

"……이제 그만 해!" 고로가 유령 고로의 말을 차단했다.

"내 기를 죽여서 어쩌겠다는 거야?"

고로는 유령 고로에게 등을 돌리고서 타박타박 걷기 시작했다.

'요코도 그렇고 저 유령 녀석도 그렇고, 정말 왜 저렇게밖에 생각 못 할까?'

고로는 빠른 걸음으로 피닉스 나무에서 멀어져 갔다. 그런 고로의 등을 바라보며 유령 고로가 빙긋이 웃었다. 이윽고 첫 닭이 울자, 유령 고로의 그림자는 스르르 옅어져 갔다.

축제, 그리고 또 하나의 잔치

"8호실 환자 다니(谷) 씨 있잖아? 또 약을 바닥에 떨어뜨렸어. 아, 정말 싫다. 약 보충한 지 이틀밖에 안 됐는데……."

낮 근무를 하는 간호사가 투덜대자, 간호 데스크에서 일하고 있던 고로가 재빠르게 손을 들었다.

"제가 약을 받아 올게요. 지금 막 약제부에 가려던 참이었어요."

"어머! 그럼 가시는 길에 부탁드려도 될까요, 아오야마 선생님?"

오늘은 모두가 재수가 없을 것 같은 날로 여기는 '13일의 금요일'.

하지만 고로는 그런 일에 전혀 신경 쓰지 않는다. 오히려 늘 투덜대고 딱딱한 고로가 오늘은 싱글벙글거리며 기분 좋게 일을 하고 있었다. 내일부터 드디어 휴가가 시작되기 때문이었다.

분원에서 일하는 레지던트에게는 닷새간의 여름휴가가 주어졌다. 성질 급한 노리코는 7월 중에 이미 휴가를 내서 다 써버렸고, 내일부터는 고로, 데쓰야, 미나가와가 한 사람씩 교대로 여름휴가에 들어간다.

고로는 요코와의 여행이 무산돼 몹시 실망스러웠다. 그래도 휴가가 시작된다는 건 아무래도 기분이 좋았다. 겨우 닷새간이지만 레지던트가 된 이래 3개월 동안 단 하루도 쉬지 않고 일한 끝에 받는 휴가였다. 저녁때가 가까워지면 언제나 팽팽하게 굳어지던 얼굴 근육도 오늘은 자연스럽게 풀어지는 등 고로는 벅차오르는 기분을 억제할 수 없게 되었다.

게다가 오늘 밤은 한여름 밤의 일대 이벤트, 분원의 여름축제가 열리는 날이었다. 한 해에 한 번 돌아오는 이 밤을 병원 의료진 모두가 손꼽아 기다리고 있었다. 평소 적막하고 고즈넉하던 분원도 이날만은 휘황찬란하게 불을 밝히고 온통 활기에 넘친다. 중앙 진료동 앞에는 포장마차가 쭉 늘어서고, 중앙정원에는 특설 호프집마저 오픈된다. 의사, 간호사, 약제사 등 병원 관계자 전체가 뒤섞여 생맥주나 와인잔을 한 손에 들고 날이 샐 때까지 떠들며 즐긴다. 문병차 병원을 방문한 사람들이 잘못 찾아왔나 싶어 눈을 동그랗게 뜨고 순간적으로 뒷걸음질할 정도였다.

고로도 이처럼 좋은 일이 둘씩이나 겹친 저녁이니 들뜨지 않을 리가 없었다. 다만, 딱 한 가지 마음에 걸리는 일이 있었다. 바로 유령 녀석 고로의 존재였다.

유령 고로를 만나고 알게 된 지난 나흘 동안은 고로에게 무척 당황스러운 시간이었다. 난생처음 교수와 선배들 앞에서 큰 창피를 당했고 자존심도 심하게 다쳤다. 그 뒤로 원하는 수준으로까지 자신을 다시 끌어올리기 위해 이를 악물고 노력도 했다. 이 일이나 저 일이나 모두 그 뻔뻔한 유령 녀석 때문이라고 생각했다. 게다가 유령과의 대화에서 받은 굴욕은 참을 수가 없었고, 그 순간을 떠올리기만 해도 속이 바짝 타들어 가는 것 같았다. 그런데도 고로는 자기 자신이 너무 이상하게 여겨졌다.

'왜 그 녀석 생각이 마음속에서 떨어지지 않는 걸까?'

　모두가 마찬가지였지만, 오늘 레지던트들은 평소와 다르게 척척 일을 잘했다. 일분일초라도 빨리 일을 끝내고 여름축제에 참가하고 싶었기 때문이다.

　고로도 오후가 되자 미리 준비해 둔 담당 환자 여섯 명을 인수인계하고 실수가 없도록 다시 한 번 체크했다. 그리고 저녁에는 데쓰야와 노리코, 미나가와에게 각각 환자 두 명씩을 나눠서 담당하게 해 인수인계를 완료했다.

　고로는 6시에 일이 끝나 있었다. 업무에서 해방돼 마음은 개운했지만, 동료들을 남겨두고 혼자 축제에 간다는 것도 별로 내키지 않았으므로 고로는 세 사람의 일이 끝날 때까지 기다리기로 했다. 속으로 '다들 너무 느려터져'라고 투덜거리면서.

　7시가 가까워지고 나서야 겨우 데쓰야와 노리코가 일을 마쳤다.

　"난 일이 끝나려면 한참 더 있어야 할 것 같아. 먼저들 가면 어떨까?"

　이렇게 말하며 머리를 긁적이는 미나가와의 책상 위엔 진료기록카드가 산더미처럼 쌓여 있었다.

　'이 아저씨를 기다리다 보면 분명히 날이 새버릴 거다.'

　늘상 있는 일이었지만 축제 날까지도 저런 미나가와가 고로는 그리 한심할 수가 없었다.

한편, 노리코는 진료기록카드 작성이 다 끝나자, 대학 동창이 놀러 왔다며 총알같이 방을 뛰쳐나갔다.

'모처럼 기다려줬더니…… 어이가 없네'라고 고로는 생각하면서도 한편으로는 노리코다운 행동이라는 생각이 들었다.

그래서 고로는 데쓰야와 둘이서 축제에 참가했다. 두 사람은 먼저 중앙 진료동 앞에 늘어선 포장마차를 물색했다.

꼬치구이 가게, 다코야키(たこ燒き, 낙지를 잘게 잘라 가루 반죽에 묻혀 익힌 경단―옮긴이 주) 가게, 야키소바(燒きそば, 야채와 고기 등을 넣고 볶은 면―옮긴이 주) 가게 등, 축제 날에 볼 수 있는 뻔한 포장마차 메뉴들이었지만, 봄부터 쭉 병원 안에서 통조림 상태로 생활한 두 사람에게는 오랜만에 두근거리는 광경이었다. 둘은 포장마차를 차례차례 돌며, 닭 꼬치, 오코노미야키(お好み燒き, 야채와 생선 등을 넣고 부친 전 종류―옮긴이 주), 오징어를 넣은 야키소바, 이마가와야키(今川き, 팥떡 종류―옮긴이 주) 등을 무제한으로 사들였다.

"데쓰야. 맥주에 이마가와야키는 어울리지 않지? 에이, 다섯 개나 사버렸네."

"그런가? 난 좋아하는데."

"그럼 네가 다 먹어라."

"너도 한번 먹어봐. 의외로 괜찮을걸?"

"난 싫어."

안주 음식을 담은 봉지를 양팔 가득 안은 고로와 데쓰야가 중앙정원에 오픈한 호프집에 도착했다. 피닉스 나무 아래 테이블에 진을 친 두 사람은 물방울이 송골송골 맺힌 생맥주잔을 들고 건배하자마자, 서로 경쟁하듯 꼬치구이와 오코노미야키 등을 먹어치웠다.

두 잔째를 비울 무렵에는 그 많던 음식들이 거의 동이 나고 이마가와야키만이 남아 있었다. 식욕을 채운 두 젊은이는 마침내 포만감을 느끼고 안정이 되었다. 테이블엔 이제 막 취기가 돌기 시작했다.

"고로, 좋겠다. 내일부터 휴가라서. 우린 내일부터 환자가 확 늘어나 버리잖아."

이마가와야키를 젓가락으로 집으며 데쓰야가 중얼거렸다.

"엄살 좀 피우지 마. 환자가 겨우 둘 늘어나는 거잖아."

"고로 너한테는 '겨우 둘'이겠지만 나한테는 '세상에, 두 명이나?' 이런 느낌이야."

데쓰야가 마치 연기하듯 과장된 말투를 섞어 말했다.

"제발 자신감 좀 가져, 데쓰야. 넌 환자들 대하는 걸 너무 어렵게 생각해."

"나도 많이 노력해 봤지만 환자 앞에만 서면 바로 긴장해 버려."

"안 되지, 그러면 안 돼. 환자를 돌덩이라고 생각해 봐."

"……그래도 돌덩이란 표현은 좀 너무하지 않아?"

아무렇지도 않게 '돌덩이' 운운하는 고로를 보면서 데쓰야가 갑자기 안색을 바꾸며 말했다. 항상 부드러운 성격의 데쓰야에게선 좀처럼 볼 수 없는 풍경이었다.

"분명히 내가 채혈 하나 제대로 못하는 한심한 레지던트지만…… 고로 너와 비교하면 하늘과 땅 차이라고 할 수 있겠지만, 하지만 나도 나름대로 신념을 가지고 진료에 임하고 있어. 환자 분들을 돌덩이라니, 난 절대로……."

"알았어, 알았어. 흥분하지 마. 그렇게 환자 입장만 생각하지 않아도 되잖아."

고로는 얼굴색까지 바뀌며 반론하는 데쓰야를 달래듯이 말했다.

"고로. 너 설마 진심으로 그런 말 한 건 아니지?"

"그냥 예를 들다 보니 그런 말이 나온 거지……. 자, 한 잔 더 할까?"

데쓰야의 추궁에 대충 얼버무린 고로는 빈 맥주잔을 양손에 들고 일어서려고 했다.

그때 누군가가 고로의 등을 톡톡 쳤다.

“선배! 일이 빨리 끝났군요.”

당연히 미나가와 선배일 거라 생각한 고로는 뒤를 되돌아보고 혼비백산했다. 피닉스 나무를 배경으로 서 있는 사람은 미나가와가 아니라 유령 고로였다.

“어, 어떻게 된 거야?”

“방해해서 미안! 너 놀랐냐?”

“왜, 이런 시간에……?”

“오늘은 유령들에게도 특별한 날이거든. 우리도 일 년에 한 번 회포를 푸는 거지. 방금 전에 막 시작했어.”

“유령들이 술잔치라도 한다는 거냐?”

“그래. 피서도 할 겸…….”

그 순간 데쓰야는 벌어진 입을 다물지 못하고 고로의 모습을 바라보고 있었다.

‘아니…… 고로 녀석…… 지금 누구한테 얘기하는 거야?’

데쓰야가 보니, 고로는 등을 돌린 채 혼잣말로 피닉스 나무를 향해 뜻을 알 수 없는 말을 계속 중얼거리고 있었다.

“우리 술잔치에 널 꼭 초대하고 싶어.”

“왜 내가 유령들 술잔치에?”

“병원 축제보다 훨씬 재미있어. 너도 영광으로 알아야 돼.

우리 술잔치에 참석할 수 있는 인간은 거의 없으니까."

"유령 술잔치 따위를 누가 믿겠어?"

"너 혹시 우리 동료들 만나는 게 무서워서 그래?"

"쓸데없는 소리!"

고로는 맥주로 달아오른 얼굴을 더욱 붉히면서 말했다.

"늦어서 미안! 어? 벌써 두 사람 다 완전히 취해 버린 거야?" 미나가와가 머리를 긁으며 테이블 쪽으로 걸어왔다.

"어? 고로는 혼자 허공에다 대고 뭐 하고 있는 거지?"

고로를 본 미나가와가 이상하다는 듯 데쓰야에게 물었다.

"그러게 말이에요. 아까부터 고로가 좀 이상해요."

데쓰야가 귓속말로 말했다.

"그럼, 어서 가자. 동료들도 대환영이야."

유령 고로는 다시 한 번 고로를 채근했다.

"좋아. 못 갈 것도 없지."

고로는 어안이 벙벙해 있는 데쓰야와 미나가와에게 "잠깐 어디 좀 다녀올게"라고 하며 테이블에서 멀어졌다. 남은 두 사람은 고로의 뒷모습을 한동안 바라보다 고개를 갸웃거리며 서로를 바라보았다.

"역시 요즘에 고로가 이상해요. 지난번 프레젠테이션 사건 때부터……."

데쓰야가 미나가와에게 동의를 구하듯 말했다.

"사건은 무슨……. 그냥 피로가 쌓여서 그런 걸 가지고. 몹시 지쳐서 그런 거야. 다행히 내일부터 휴가니까 잘됐지."

"그저 피로 때문이라면 좋겠는데……."

"아니면, 사랑하는 그녀와 일이 잘 안 돼가거나."

"선배는 아주 낙천적이시군요."

"그런가? 그렇게 보일지는 몰라도, 나도 샐러리맨 시절엔 한때 정신적으로 계속 몰리다가 결국 이상해진 적도 있어."

"정말요?"

"그럼, 정말이지. 살다 보면 이런저런 일들이 일어나기 마련이야."

"그렇지만, 왠지 걱정이 돼요."

"괜찮아. 그것보다 더 마시자, 마셔. 어? 너희들 취향 참 독특하네? 맥주 안주에 이마가와야키라니."

유령 고로는 언제나와 같이 온화한 표정이었지만, 오늘은 다른 날보다 훨씬 옅은 형체여서 몸의 반대편이 거의 비쳐 보였다.

"어디로 가는 거냐?"

걷고 있다기보다 미끄러지듯이 앞으로 나아가는 유령 고로를 뒤따르며 고로가 물었다.

“걱정 마. 너도 잘 아는 데로 가니까.”

고로는 내과 병동을 지나고 레지던트실이 있는 조립식 건물도 지나 앞으로 앞으로 나아갔다. 유령 고로의 찰랑찰랑대는 긴 머리칼과 투명하게 보이는 등을 바라보며 고로는 왠지 기분이 이상함을 느꼈다.

이윽고 병원 안에서 가장 구석지고 막다른 곳에 도착했다. 그곳은 분원의 부속 건물 중에서도 제일 낡은 건물 앞이었다.

“여긴…….”

벽돌로 지은 건물 입구에 선 고로는 ‘왜 하필 여기로?’라는 표정을 지으며 입을 뗐다.

유령 고로가 히죽 웃었다.

“역시, 무섭지?”

“무섭긴, 무슨…….” 고로가 호기를 부리며 말했다.

둘이 건물 안으로 들어가자 어둑어둑한 복도가 나왔다. 그곳은 환자가 죽으면 옮겨놓는 영안실과 해부실이었다. 영안실은 한여름인데도 서늘했고, 포르말린 냄새가 감돌고 있었다. 시체는 안치되어 있지 않았다. 축제 날이라서인지 몰라도 오늘 밤은 해부가 없는 것 같았다.

안쪽 방에서 떠드는 소리가 왁자지껄하게 들려왔다. 유령 고로가 얘기한 대로 누군가가 해부실에서 연회를 열고 있는 것 같았다.

"자, 이쪽으로 와. 내 동료들이니까. 모두 이 병원에서 죽었어."

해부실에 발을 내딛은 고로는 그곳의 광경에 숨이 막혔다.

유령은 유령 고로까지 모두 다섯 명이었다. 하지만 유령 고로 외에는 모두 이 세상 사람이라고 생각되지 않는, 정말 말 그대로 유령다운 모습이었다. 가슴과 배의 한가운데가 쭈욱 갈라져서 내장이 드러난 중년 남자, 머리에서 발끝까지 몸 전체에 대롱 같은 관을 치렁치렁 늘어뜨리고 있는 할머니, 등에 서부터 엉덩이에 걸쳐 피부가 홀라당 벗겨진 채 거무칙칙한 궤양이 드러나 있는 할아버지, 누런 얼굴색을 하고 손발이 빵빵하게 부풀어 오른 젊은 남자…….

고로의 고개가 자기도 모르게 돌아갔다. 유령들은 해부대를 테이블 삼아, 계량컵이라든가 소독용 비커 등을 손에 들었고, 각자 원하는 대로 정종과 위스키 등을 서로 따라주고 있었다. 중앙의 스테인리스 용기에는 오징어와 다시마가 담겨 있었다. 유령 하나가 음식 집기 대신에 손에 들고 있는 메스가 번쩍 빛났다.

"여러분, 소개하겠습니다. 제 친구 고로, 머리가 반짝반짝한 레지던트 1년차입니다."

유령들의 시선이 일제히 자신에게 쏟아지자 고로는 순간 몸이 떨려왔다.

"처음…… 뵙겠습니다."

고로는 될 수 있는 한 유령들을 곧바로 바라보지 않으려 눈을 내리깔고, 기어드는 목소리로 인사했다.

"얼굴을 들어라. 인사란 상대방의 눈을 바라보면서 하는 거다."

내장이 그대로 드러난 중년 남자가 핀잔을 주자, 고로가 흠칫흠칫하며 고개를 들었다.

"후후후…… 꽤 미남인데? 내 취향이구먼."

온몸에 관이 줄레줄레 매달린 할머니 유령이 음산한 웃음을 얼굴 가득 띠며 말했다.

"뭐, 대단치도 않네. 내가 젊었을 땐 저보다 훨씬 더 미남이었다!"

이번엔 피부가 벗겨진 할아버지가 재빨리 나섰다.

"가만있지 말고 뭔가 말 좀 해봐?"

누런 얼굴의 젊은 남자가 고로를 부추겼다.

고로는 유령 고로에게 구조의 눈빛을 보내려 했지만, 유령

고로는 그저 실실 웃으면서 고로와 유령들의 행동을 관찰하기
만 했다.

"저……."

눈을 돌리고 싶은 것을 꾹 참고, 고로가 유령들을 향해 입
을 열었다.

"아니, 뭘 그리 우물쭈물하는 거야?"

"똑똑히 말해!"

"여러분은…… 왜 그런 모습을 하고 계십니까?"

고로는 이 말을 내뱉자마자 '어이쿠, 왜 이런 바보 같은 질
문을 했지?' 하고 후회했다.

"왜냐니! 그런 얼빠진 말을 시부렁거리고 싶냐?"

"허허, 적반하장이구먼."

"우리를 이런 모습으로 만들어놓은 건 다른 누구가 아니라
바로 너희 의사들이야."

유령들이 입을 모아 소리치고 있었다.

"그, 그럴 리가……."

유령들의 공세에 어질어질해진 고로는 해부실에서 쏜살같
이 도망치고 싶은 충동이 일었다. 그러나 마치 가위에 눌린
것처럼 몸이 말을 듣지 않았다.

"알겠어? 우린 기본적으로 죽을 때의 모습으로밖에는 이

세상에 나타날 수가 없어.”

“나도 좋아서 이런 추한 모습을 하고 있는 게 아냐.”

유령들의 항의가 계속됐다.

“하지만 엄밀히 말해 그건 병 탓이지, 우리 의사들 탓이라고 하기에는…….”

고로는 필사적으로 변명을 시도했지만 유령들 앞에서는 힘을 쓸 수가 없었다.

“아니, 너희들 탓이다!”

중년 남자가 해부대에서 내려와 고로의 앞을 가로막았다. 가까이서 보니 가슴과 배가 쭉 갈라진 사이로 형형색색의 내장들이 생생하게 다가왔다. 진홍색의 심장, 흐릿하게 변한 회색의 허파, 진한 적갈색의 간, 녹색이 섞인 창자…….

해부는 이미 수차례 경험한 고로였지만, 지금 이 순간 이들의 모습은 너무나도 기괴해서 쓰러질 것 같았다.

“누가 내 몸을 해부해도 된다고 말했지?”

“……가족들이 승낙하셨겠지요.”

“그건, 너희들이 내 가족을 그럴듯한 말로 꼬드겨서 그런 거야. 안 그래?”

“꼬드겼다고 하시는 건, 좀……. 사체 해부는 의학 발전에 매우 큰 도움이 됩니다.”

"도움이 된다고 내 의향도 확인하지 않고 억지로 네들 맘대로 해부해도 된단 말이냐?"

"의학 발전을 위해 살아생전에 일부러라도 동의하시는 분들까지 있는데……."

"뭐라고 떠드는 거야!"

중년 남자의 내장들이 코앞까지 다가오자 고로는 급기야 눈을 감았다.

"환자 본인의 승낙도 없이 제멋대로 사람의 몸을 가르는 게 아냐. 알겠어? 이 멍청한 놈아!"

고로가 눈을 감은 채로 부르르 떨고 있는 가운데 남자의 목소리는 서서히 멀어져갔다.

고로는 잠시 후 조심스럽게 눈을 떠봤다. 그러자 어느새 바로 앞에 할머니 유령이 와 있었다.

코에 비닐 튜브가 꽂혀 있고 왼손부터 오른쪽 다리까지는 온통 링거 줄이 엉킨 채 매달려 있으며 가슴에는 심전도 모니터의 코드가 붙어 있었다.

"왜 이렇게 관투성이로 만들어놓은 거야? 걸을 때마다 줄이 뒤엉켜 답답해 죽겠어."

할머니 유령은 가슴 앞에 복잡하게 얽힌 관을 하나하나 풀면서 말했다.

"심한 중증이었기 때문에 집중치료가 필요했을 겁니다."

"집중치료? 난 좀더 자연스럽게 죽고 싶었어. 자연히, 조용히 죽는 거 있잖아. 저 세상에 가서까지 뒤엉킨 관에 묶여 있을 거라곤 생각지도 못했어."

"그렇게 말씀하지 마십시오. 하루라도 더 오래 살게 하려고 온 힘을 다해 환자 분들을 치료하는 것이 우리 의사들의 의무이니까요."

"죽어서도 이렇게 관에 묶여서 꼼짝도 못하는 게 어떤 기분인지 넌 상상도 못 해봤을 거야. 입장을 바꿔 생각해 보라고!"

"……"

고로가 다시 눈길을 아래로 향하고 가만있자, 할머니 유령이 투덜투덜대며 테이블로 돌아갔다.

이번에는 젊은 유령이 고로 앞에 나타났다. 눈의 흰자위가 진노랑색으로 변해 있고, 양손은 부풀어 오른 모양이 마치 글러브 같았다.

"내가 왜 이렇게 됐는지 넌 알겠지?"

"잘은 모르지만, 약의 부작용이 있었던 것 같군요."

"거봐. 넌 알고 있잖아."

"난치병에 시달렸나요? 그래서 이렇게 약을 대량으로 처방

했을 겁니다."

"후후…… 하지만 난 들었는걸! 내가 혼수상태에 빠진 다음에 너희 의사들이 침대맡에서 소곤소곤 떠든 것을."

"뭐라고…… 했는데요?"

"'약을 너무 과하게 투여한 것 같군'이라고."

"……안 됐지만, 어쩔 수 없는 일이었을 겁니다. 어떤 방법을 취해도 상태가 호전되지 않으면, 결국 가장 독한 약으로 치료할 때만이 환자 분이 나을 수 있게 됩니다."

의사의 입장에 대한 고로의 변호는 계속됐지만 유령들을 납득시키지는 못했다.

"약의 부작용으로 죽을 정도라면 차라리 병으로 죽는 게 훨씬 낫지."

"그것은 결과론적인 얘깁니다. 1퍼센트라도 가능성이 있으면 치료에 모든 것을 걸 수밖에 없어요."

그러자 피부가 벗겨진 할아버지가 젊은 유령을 대신해 고로 앞에 섰다.

"그러니까, 그런 것들을 우리가 결정해야 하는 거 아냐? 너희들은 항상 멋대로 치료 방식을 결정해. 설명도 제대로 해주지 않아. 자기들만 알아먹는 말을 일방적으로 통보할 뿐이야."

“……”

고로는 어느새 다섯 유령에게 둘러싸여 있었다.

“알겠어? 우리들의 불만이 뭔지?”

유령들의 우두머리인 것처럼 한가운데 선 유령 고로는 다른 날과 변함없이 온화한 표정이었다.

“여러분의 불평을 모르는 건 아닙니다. 하지만 우린 우리대로 매일 열심히 일하고 있습니다.”

고로는 여전히 꽉 막힌 벽에다 대고 말하는 것처럼 느껴졌지만 자신이 옳다는 생각에는 변함이 없었다.

“말하자면, 그건 너희 의사들 입장에서잖아. 그러니까, 그것과 똑같이 말이야, 가끔은 우리 환자들 편에 서서 생각해 줄 수도 있잖아?”

유령 고로가 여전히 웃음을 띤 채로 얘기했다. 하지만 고로에겐 그런 유령 고로가 더욱 얄미울 뿐이었다.

“그렇게는 할 수 없어. 우리 의사들은 개인 사정을 일일이 봐줘 가며 치료해선 안 돼. 환자하고는 일정한 거리를 유지해야 하고! 항상 냉정하게, 가슴이 아니라 머리로 생각하고 객관적인 견지에서 최선의 치료를 선택할 뿐이야.”

“그래? 이렇게 말해도 모르겠다 이거지?”

유령 고로는 빙긋 웃으며 다른 넷에게 눈짓을 했다.

그러자 유령들은 일제히 고로에게 덤벼들었다. 열 개의 손이 차례차례 고로를 향해 돌진해 왔다.

"뭣들 하는 거야!"

고로가 바닥에 쓰러졌다. 유령들에게서 피하려고 필사적으로 발버둥 쳤지만, 아무리 저항해도 소용없었다. 고로의 양팔은 뻗는 족족 유령들의 몸을 관통해 버렸고, 양다리 역시 계속해서 공중을 차댐에도 결국은 헛발질이 돼버렸다.

고로는 차츰 몸의 자유를 잃어갔다.

"도와줘! 누가 좀 도와줘……."

아무도 없는 한밤의 해부실에서 고로의 처절한 절규가 허무하게 울리고 있었다.

휴가

솨……

눈앞에 드넓은 바다가 펼쳐져 있다. 강렬한 햇살이 모래톱에 쏟아지고 있어 눈을 제대로 뜰 수 없을 만큼 눈부시다.

모래 위에 대자로 드러누운 고로는 눈을 감았다. 들려오는 것은 밀려오는 파도 소리와 갈매기 울음소리뿐이다. 한여름의 태양을 한 몸 가득 받은 고로는 팔다리를 쭉 뻗었다.

'아아, 기분 좋다. 지금 곁에 요코만 있다면 천국일 텐데……'

"삼촌!"

"수영 같이 해, 삼촌!"

갑자기 귓가에 아이들의 목소리가 들려오자 고로는 기분이 깨진다.

"야! 오빠라고 부르라니까, 오빠!"

"하지만 삼촌은 엄마의 남동생이잖아?"

쌍둥이 중에서 루미(ルミ)가 말했다.

"그렇게 말하면 안 되지. 삼촌은 오빠가 아닌걸."

또 다른 쌍둥이 레미(レミ)가 말했다.

"그래도 난 아직 젊으니까 삼촌이라고 부르지 마."

고로의 생각엔 미나가와 선배 정도는 돼야 삼촌이며 아저씨였다.

"치…… 아무래도 좋으니까 같이 놀아."

"그래. 헤엄치러 가자, 삼촌."

"난 그저께까지 거의 잠도 못 자고 일을 했기 때문에 지금 너무 지쳐 있어. 조금 쉬게 해줄래?"

"빨리 가, 삼촌."

루미가 고로의 몸을 흔든다.

"일어나! 고로 삼촌!"

레미가 귀에 대고 소리를 지른다.

"삼촌이라고 부르지 않는다고 약속해!"

마지못해 일어난 고로는 오른팔은 루미, 왼팔은 레미에게 이끌려 물가까지 달려갔다.

파라솔 아래서 햇빛을 피하고 있는 고로의 누나가 세 사람을 바라보며 웃고 있다. 여기는 니시이즈(西伊豆)의 해수욕장. 어제부터 여름휴가에 들어간 고로는 오늘 아침 일찍, 누나와 초등학교 1학년인 쌍둥이 조카들과 함께 2박 3일의 여행을 떠난 것이다.

요코와의 여행이 취소돼 버린 고로는 닷새간의 휴가를 두고 특별한 계획이 없었다. 지금까지 세 달 동안 계속 일만 했으므로 아무것도 하지 않고 한가롭게 시간을 보내는 것도 괜찮다고 생각했다. 그런데 "고로가 이번 주말부터 휴가"라고 어머니에게 우연히 듣게 된 누나가 사흘 전에 갑자기 병원으로 전화를 걸어 와 자기 가족여행에 함께 가자고 고로를 꼬드겼다. 듣기로는 고로의 매형이 급한 해외출장 때문에 휴가를 낼 수 없게 돼, 쌍둥이 아버지의 대타로서 고로를 눈독 들인 것이다.

'요코와 단둘이서 가야 할 오붓한 여행이 소란스러운 쌍둥이 뒤치다꺼리를 위한 가족여행으로 바뀌어버렸구나.'

고로는 한숨을 쉬었다. 그러나 닷새 동안 특별한 계획이 따로 있던 것도 아니고, 다시 생각해 보면 그리 나쁜 것만도 아니었다.

'경비 부담 없이 공짜로 해수욕장은 물론 신선한 해산물을 즐길 수도 있다. 게다가 숙박할 여관에는 온천까지 딸려 있다지 않은가! 집에서 빈둥거리며 남는 시간을 죽이고 있는 것보다는 훨씬 더 나을지도 모른다.'

그래서 고로는 누나의 청을 받아들였다. 그러나 그런 예상은 안이한 생각이었음을 휴가 첫날부터 뼈저리게 느끼게 됐다. 해산물과 온천은 좋았지만, 쌍둥이의 파워는 고로의 예상을 훨씬 뛰어넘었기 때문이다.

바닷물에 잠수하는 숨바꼭질부터 시작해, 조개 줍기, 모래성 쌓기 등등, 고로는 잠시 쉴 틈도 없이 루미와 레미의 놀이에 끌려 다녀야 했다.

쌍둥이들은 물가 얕은 곳에서는 덜렁 고로의 등에 올라타거나 각자가 양쪽에서 오른손과 왼손을 잡아당기거나 했고, 고로가 잠깐이라도 모래밭에 드러눕기라도 하면 재빨리 물을 끼얹었다. 두 쌍둥이의 공세에 고로는 휘청거리지 않을 수 없었다.

해거름이 되었을 땐 이미 고로는 다리가 후들거리며 피곤이 몰려왔다. 잠시 잠깐, 어쩌면 병동에서 일하는 것보다 더 힘든 것 같다는 생각도 들었다. 그런데도 루미와 레미는 아직도 더 놀고 싶은지 바닷물에서 나올 생각을 하지 않았다. 고로의 누나는 야박하게도 쌍둥이를 고로 옆에 놔두고 이때가 기회다 싶게 얼른 온천으로 돌아가 버렸다.

고로는 자신이 멍청이처럼 누나의 책략에 보기 좋게 넘어간 것임을 깨달았다.

'이럴 거면 집에서 편안하게 쉬는 게 훨씬 나았을 텐데!'

쌍둥이들이 바다에서 올라왔을 때는 이미 해수욕장에 사람 그림자 하나 보이지 않고 주변이 거의 어두워져 있었다.

'정말 질렸다…….'

고로는 얼얼하게 아파오는 등을 문지르면서 아직도 자신의 주변을 돌며 폴짝폴짝 뛰고 있는 루미와 레미의 손을 잡아끌고 여관까지 걸어갔다.

여관에 돌아와 온천탕에 한 번 들어갔다 나오니 이미 저녁 식사 시간이었다. 음식상 위엔 줄지어 놓인 바다요리들이 꽤 호화로웠다. 바다에서 잡은 자연의 음식을 먹을 생각을 하니 고로의 기분도 한결 좋아졌다. 여기서도 쌍둥이는 활기찬 모습이었다.

"생선이다!"

"굉장한데?"

상 한가운데 배 모양 그릇에 담아놓은 널찍한 생선회를 본 루미와 레미가 환성을 질렀다.

"먹어치우자!"

"먹어치우자, 먹어치워!"

고로는 눈썹을 찌푸렸지만, 고로의 누나는 딸들의 얌전치 못한 말씨에 별로 신경 쓰지 않는 눈치였다. 누나가 고로의 잔에 맥주를 따랐다.

고로의 누나는 옛날부터 그랬다. 자잘한 것에는 일절 신경 쓰지 않았다. 좀더 정확히 말하자면, 신경을 쓰지 않는다기보 다는 신경이 쓰이지 않는 것이었다. 고로는 누나의 그런 성격 을 늘 '타고난 것'이라 생각했다. 세세한 것도 그냥 지나치지 못하는 자신과는 정반대인 누나가 마냥 신기했다.

루미와 레미가 젓가락을 흔들며 회를 향해 돌진해 가자, 음 식을 내오는 아주머니가 나타났다.

"아유! 잠깐만 기다리고 있어. 아줌마가 살을 발라줄 테니 까."

아주머니는 고로를 보자, 쌍둥이들에게 말을 건넸다.

"어머나, 숙녀 분들은 참 좋겠어요. 아빠가 젊어서."

"아빠 아니에요!"

“아빠 아니고 삼촌이에요.”

루미와 레미 못지않게 고로도 아줌마의 말에 놀랐다.

‘말도 안 돼! 내가 이렇게 정신 사나운 애들의 아빠라니!’

야생아처럼 자유분방하게 자라는 조카 아이들을 볼 때마다 고로는 마음속으로 생각했다.

‘나중에 내게도 애가 생기면 절대로 저렇게 키우지 말아야지. 사람들 앞에 내놔도 부끄럽지 않게 제대로 가르칠 거다.’

루미와 레미는 덤벙대며 상 위에 늘어진 음식을 잇달아 어질러가며 게걸스럽게 먹고 있었고, 그런 쌍둥이들을 고로는 질렸다는 표정으로 쳐다보고 있었다. 쌍둥이 자매는 고로 앞에 놓인 음식마저도 다른 것과 마찬가지로 엉망으로 만들어버렸다.

고로가 어느새 방을 둘러보니 여기저기에 새우나 게 껍데기가 흩어져 있었다. 루미와 레미는 상 위에 놓은 음식 모두를 이쪽저쪽 쿡쿡 찔러댔다. 검정 도미 소금구이에는 도저히 젓가락을 가져갈 수 없었다.

밤이 돼서도 흥분 상태의 쌍둥이는 좀처럼 잠들려고 하지 않았다.

“삼촌! 옛날이야기 해줘.”

이제 완전히 잠잘 체제에 들어가 있는 고로의 손을 잡아당기며 루미가 졸랐다.

"나 피곤하고 졸려서 자야 돼."

고로는 머리까지 이불을 푹 뒤집어썼다.

"삼촌, 조금이라도 좋으니까, 얘기 좀 해줘."

이번에는 레미가 이불 위에서 말을 탔다. 쌍둥이 자매는 이번에도 협공을 해 왔다.

"휴…… 그럼, 아주 조금만이다?"

고로는 체념했다. 하지만 조카들의 입을 싹 다물게 해줄 무서운 얘기면 금방 끝나겠다 싶었다.

"요 얼마 전에 삼촌이 병원에서 유령을 만났어."

고로가 쌍둥이들이 눈치 못 채게 빙긋 웃고는 운을 뗐다.

"에이, 유령?"

"거짓말이지, 삼촌?"

루미와 레미는 조금도 무서워하지 않고 낄낄거리며 웃고 있다.

'둘이 같이 있어서 담이 큰 건가? 쌍둥이들 정말 상대하기 힘드네.' 예상치 못한 쌍둥이의 반응에 고로는 당황스러웠다.

"거짓말 아냐. 삼촌이 지난주에 밤마다 유령을 만났어."

다른 의도로 꺼낸 유령 얘기였지만, 어느새 고로 자신이 점점 더 유령 생각에 집중하고 있었다.

"그럼 어떤 유령?"

"빨리 말해, 삼촌!"

"삼촌이랑 가장 사이가 좋은 유령은 음…… 뮤지션 같은, 꽤 근사한 녀석이었어."

"정말? 유령이 멋지다고?"

"아냐. 끔찍하게 무서운 유령도 있어."

"어떻게 무서운데?"

"그중에는 가슴과 배가 쭉 찢어져서 내장이 그대로 밖으로 나와 있는 녀석도 있었어."

"에? 내장이……?"

"내장이 밖으로 나와 있다고? ……무섭다!"

드디어 쌍둥이들에게 살짝 효과가 나타났다 보다.

"그 녀석이 이런 자세로 나한테 달려들었지."

고로는 두 눈을 크게 뜨고 이를 드러내고 양팔을 크게 벌리고 루미와 레미를 덮쳤다.

"아악!"

"카악!"

"고로, 어지간히 해둬라."

온천탕에서 올라와 느긋하게 쉬고 있던 누나가 정색을 하고 고로를 나무랐다.

"그래서? 삼촌, 그래서 어떻게 됐어?"

"도망쳤어?"

"도망치다니! 삼촌이 맞서서 덤볐더니 그 녀석들이 줄행랑 쳤어."

그렇게 말하면서 고로의 머릿속에서는 그저께 밤의 사건이 뚜렷하게 떠올랐다.

해부실에서 덤벼드는 유령들을 막아내기 위해 필사적으로 발버둥 치던 고로는 서서히 정신이 몽롱해져 결국 완전히 의식을 잃었다. 눈을 떴을 때 고로는 병실 침대에 누워 있었다.

"고로, 괜찮아?"

데쓰야가 걱정스럽게 고로의 얼굴을 들여다보고 있었다.

"나…… 어떻게 된 거야?"

"아무리 기다려도 돌아오지 않아서 미나가와 선배하고 널 찾으러 갔지."

"그랬더니 네가 레지던트실 문에 기대고 있더라고. 의식도 없이. ……야아, 고로! 우리가 얼마나 놀랐는 줄 아니?"

미나가와가 뒤통수를 긁으면서 말했다.

"……그랬군요."

해부실에서 레지던트실까지 어떻게 돌아왔는지 전혀 기억이 나지 않았다.

'혹시 유령 고로가 나를? 아니면 유령들이?'

고로가 상체를 일으켰다.

"고로, 무리하지 마. 좀더 누워 있어!"

일어나려는 고로를 제지하며 데쓰야가 말했다.

"이젠 괜찮아. 당직실에 서류를 가지러 가다가 나도 모르는 사이에 잠들었나 봐."

"침대는 어차피 비어 있으니까, 하룻밤 정도 몸 상태를 살펴보는 게 어때?"

미나가와가 약간 걱정이 되는 얼굴로 말했다.

"아니에요. 휴가인데 집에 가서 푹 쉬어야죠. 여기 온 뒤로 계속 잠을 못 잔 데다 오랜만에 술이 들어가니 몸이 깜짝 놀랐나 봐요."

고로는 걱정하는 두 사람을 뒤로한 채 가방을 들고 병원을 나섰다. 집에 도착하자마자 고로는 침대에 쓰러져, 다음 날 저녁때까지 죽은 듯이 잤다…….

"삼촌, 어떻게 됐어?"

"그다음에 어떻게 됐냐고! 빨리 말해줘!"

루미와 레미에게 쿡쿡 찔리고서야 고로는 제정신으로 돌아왔다.

"아…… 그리고 또 다른 유령들이 있었어. 할아버지 유령, 할머니 유령, 젊은 남자 유령. 모두들 모여 술을 마시고 있었어."

"어? 유령도 아빠나 삼촌처럼 술을 마신단 말야?"

"응. 삼촌도 놀랐어."

"그런데……." 루미가 고개를 갸웃거리며 말했다.

"유령이 왜 나오는 거야?"

"어? 유령이 왜 나오냐고?"

질문을 받은 고로는 갑자기 멍한 기분이 들었다.

'그러게…… 왜 고로 녀석이 나타난 거지?'

고로는 누구든 당연히 궁금해할 법한 그 질문을 지금껏 자신은 한 번도 생각해 보지 않았음을 깨달았다.

"아, 그리고 보니까, 지난번에 텔레비전에서 봤는데, 유령은 이 세상에 '미련'이 있기 때문에 나온대."

잠시 딴 생각에 잠겨 있는 고로를 두고 레미가 말했다.

"응? 미련?"

"응. 삼촌, 근데 미련이 뭐야?"

"미련이라……. 말하자면 이 세상에 미처 끝내지 못한 무

148

언가를 남겨 두었기 때문에 모습을 나타낸다는 거지."

"음…… 잘 모르겠는데?"

"그러니까, 이 세상에 나타나는 유령들은 모두 살아 있는 동안에 하고 싶었던 게 있었거나 소중한 사람에게 전하고 싶은 게 있었는데 그렇게 하지 못하고 죽지 않았을까, 이 말이지."

"살아 있을 동안 못 했기 때문에 유령이 돼서 나오는 거야?"

"그런 얘기야."

"으음, 그렇구나." 루미가 고개를 끄덕였다.

"유령이 왠지 불쌍하다." 레미가 불쑥 말했다.

"음…… 그럴지도 모르지……."

이렇게 혼잣말하듯 중얼거리면서 고로는 갑자기 복잡한 심정이 되었다.

쌍둥이가 겨우 잠이 들어 조용해지자 이번에는 고로가 잠들 수가 없었다. 시계를 보니 벌써 새벽 1시다. 고로는 루미와 레미가 깨지 않게 살며시 일어나 문을 조심스레 열고 가장 큰 온천탕이 있는 1층으로 내려갔다.

아무도 들어가 있지 않은 대리석 욕탕 속에 고로가 몸을 담갔다. 온천물은 항문이 오그라들 만큼 뜨거웠다. 백을 세기도 전에 이마에서 땀이 솟았다.

욕탕에서 나와 유리문을 열고 밖으로 나가자, 고로 앞에 검푸른 밤바다가 펼쳐졌다.

자유와 시원함을 느끼게 해줬던 한낮의 바다와는 달리, 밤에 찾은 고요한 달빛의 바다는 마음속 깊은 곳으로 한없이 빠져 들게 만드는 것 같았다. 고로는 지난 세 달 동안의 레지던트 생활을 떠올려보았고, 갑자기 요코가 그리워짐을 느꼈다.

요코에게 전화해 볼까 생각하던 고로는 휴대전화를 방에다 두고 내려왔음을 깨닫고 단념해 버렸다. 병원에선 사용이 금지된 터라 휴대전화 쓸 일이 거의 없었지만, 정말 유용하게 쓸 수 있는 피서지에 와서까지 휴대전화를 못 쓰게 되다니 한심하게 여겨졌다.

불어오는 바닷바람을 맞으며 달아오른 몸을 식히고 나서, 고로는 노천온천으로 향했다. 어미 개구리와 새끼 개구리 모양의 암석이 탕 쪽을 바라보고 있었다. 고로는 수건을 머리에 올린 채 탕에 몸을 담그면서 문득 생각했다.

'지금쯤 유령 고로는 무얼 하고 있을까?'

알 수 없는 일이었다. 그토록 건방지고 음산한 녀석이라고 생각했는데, 단 이틀 밤 만나지 못했을 뿐인데도 왠지 궁금해졌다. 그것도 피서까지 와 있는 순간에.

고로는 쌍둥이 조카와 얘기하면서 나온 '미련'에 대해 생각해 봤다. 유령 고로도 뭔가 미련이 남아서, 뭔가 이유가 있어서 이 세상에, 자신 앞에 모습을 드러냈을 거라고.

지난 일주일 동안 유령 고로 때문에 고로에게는 많은 일이 일어났다. 유령을 만났다는 사실도 그렇거니와, 난생처음으로 프레젠테이션에서 실수를 했다. 게다가 다른 유령들까지 만나 의사로서의 태도에 대해 공격까지 받았다. 그런데 정작 유령 고로에 대해선 자신이 아는 것이 별로 없었다.

'정말로 의사가 환자들을 함부로 대한다는 걸 일깨우려고 내게 나타난 것일까?'

하지만 그건 아닌 것 같았다. 그날 밤의 일은 그저 여름축제 날 유령들이 벌이는 잔치와 우연히 겹친 것뿐일 것이다.

'그럼 정말로 미련 때문일까? 뭔가 하고 싶었던 것, 뭔가 이루고 싶었던 것을 이 세상에 남겨둔 것일까? 그렇지 않으면 누군가 소중한 사람에게 전하고 싶었던 것이 있었을까?'

밤바다에서 너울너울 흔들리는 오징엇배의 집어등을 멍하니 바라보면서 고로는 한참 동안 유령 고로와 피닉스 나무를 생각하고 있었다.

사흘의 시간은 눈 깜짝할 사이에 지나가, 고로는 누나 가족과 기차를 타고 도쿄로 돌아왔다. 도쿄역 플랫폼에서 고로는 누나 가족과 헤어졌다.

"삼촌, 또 만나."

"빠이빠이, 삼촌."

루미와 레미가 고로에게 손을 흔들었다.

"그래, 잘 가. 엄마 말씀 잘 듣고!"

고로는 문득 쌍둥이들의 웃는 얼굴이 참 귀엽다는 생각이 들었다. 천방지축이고 밉살스러운 아이들이었지만 그래도 사흘을 함께했더니 정이 들었나 싶었다.

짐 꾸러미를 양손에 든 고로가 지하철 환승통로로 이동하려고 할 때, 쌍둥이들이 다시 한 번 고로를 불렀다.

"삼촌!"

"왜?"

"유령이랑 또 만나?"

루미가 물었다.

"아마도." 고로가 고개를 끄덕였다.

"그럼, 유령 얘기 또 들려줄 거지?" 레미가 웃었다.

"알았어. 유령을 인터뷰해 둘 거니까 기대해도 돼."

고로는 크게 팔을 흔들고 쌍둥이들과 헤어졌다.

‘그래…….’

귀경 인파로 혼잡한 역 구내를 걸으며 고로는 마음을 가다
듬었다.

‘모레 병원에 돌아가면, 분명하게 고로에게 물어봐야겠다.
……왜 이 세상에 나타났는지를!’

일생을 건 부탁

8월 19일.

닷새간의 휴가를 마친 고로는 분원으로 돌아왔다.

여름방학이 막 끝난 초등학생처럼 새까맣게 그을린 얼굴을 한 고로와는 대조적으로, 세 레지던트들은 몹시 창백한 안색에, 눈은 가물거리고 지쳐서 피곤한 얼굴이었다. 닷새 동안 고로 한 사람이 빠졌을 뿐인데도 이들이 느낀 업무의 부담감은 상상외로 컸다. 세 사람은 고로의 얼굴을 보자마자 쉴 틈도 주지 않고 각각 하소연부터 해 왔다.

“드디어 왔구나! 아아, 좋다. 고로가 없으니 채혈을 실패해도 부탁할 사람이 없어서 정말로 큰 압박이었어.”

데쓰야가 겨우 마음이 놓인다는 얼굴로 말했다.

“아하하하! 너 없는 동안 여기서 와장창, 저기서 와장창, 난리가 아니었지. 간호주임은 짜증이 나는지 오만상을 찌푸리고……. 역시 고로가 없어선 안 되겠구나 통감했어.”

노리코가 질투 어린 어조로 말했다.

“야아, 나도 질렸다. 고로 환자 분들도 어지간히 얘기하는 걸 좋아하시더라고. 왕년 얘기를 시작하면 멈추질 않아요. 두 시간도 넘게 응대를 해준 적도 있다니까.”

미나가와가 머리를 긁적거리며 말했다.

‘이제 또 시작이구나. ……어쨌든 별일 없어서 다행이다.’

동료들의 인사를 들으니 고로는 이제 다시 지루한 일상으로 돌아왔다는 실감이 났다. 하지만 변함없이 제자리에 똑같은 모습으로 있어준 동료들을 대하며 고로는 왠지 모를 편안함을 느꼈다.

복귀 첫날, 고로가 원래의 페이스를 되찾기는 어렵지 않았다. 하루 종일 환자 진료에 쫓겨 바빴기 때문이다. 휴가 모드에서 업무 모드로의 전환은 자연스레 이루어졌다.

병동은 밤 9시가 지나서야 겨우 안정되었고, 고로도 그제야 레지던트실로 돌아갔다. 여느 날처럼 배달 음식으로 저녁을 때우고 잠깐 숨을 고르고 난 뒤, 고로는 노트북을 열고 환자의 병력 요약서를 만들기 시작했다.

밤은 차츰 깊어갔다. 동료들도 한 명씩 한 명씩 모두 돌아가자 방에는 고로만이 남았다.

고로는 자정이 넘고 얼마 안 돼 노트북을 닫았다. 그러고는 양손을 머리 뒤로 해 깍지를 끼고 의자에 등을 기댔다. 그대로 멍하니 공중을 바라보면서 어서 빨리 '그 시간'이 되기를 기다렸다.

새벽 1시가 되기 5분 전이었다. 고로가 방에서 나왔다. 여름밤답지 않게 상쾌한 바람이 중앙정원에 불고 있었다. 찌는 듯한 더위도 조금 누그러진 것 같았다.

피닉스 나무 아래에 온 것은 엿새만이다. 이제 고로의 마음에선 유령 고로의 존재에 대해 한 점 의심도 일지 않았다.

'오늘 밤에도 유령 고로는 꼭 나타날 것이다.'

정각 1시가 되자, 고로의 등 뒤로 미지근한 바람이 느껴졌다. 돌아보니 과연 거기에 유령 고로가 서 있었다.

"야아, 오랜만이야! 잘 지냈어?"

"응⋯⋯. 뭐, 그럭저럭."

고로는 마치 친구를 만나듯 극히 자연스럽게 유령과 말을 주고받는 자신이 이상하게 생각되었다.

"여행은 즐거웠고?"

"그저 그랬어. 너 혹시 여행지까지 날 따라다니며 감시했던 거냐?"

"아니! 난 나대로 갈 곳이 있었지."

"……어디에 갔다 왔는데?"

"시골에, 잠깐……. 지난 주말이 내 제삿날이었거든. 6주기 제사. 친척들까지 와주는데 정작 내가 빠지면 안 되겠지?"

"그랬구나."

유령 고로가 이 병원에서 죽은 지 만 6년이 지난 것이다. 문득 고로는 자기 제사를 지켜보는 게 어떤 느낌일까 궁금해졌다.

고로가 아무 말도 하지 않고 가만있자, 유령 고로가 화제를 바꾸었다.

"그건 그렇고, 지난번은 내가 나빴다. 너도 많이 놀랐지?"

유령 고로는 조금 미안한 듯한, 그러나 여전히 미소를 띤 얼굴을 하고 말했다.

"네가 생각하는 것만큼 놀라진 않았어. 그날 내가 엄청 취한 상태였으니까."

고로는 그날 일어난 일쯤이야 자신에겐 아무것도 아닌 것처럼 보이고 싶었다.

"기분 안 나빴지?"

"응, 별로……. 그보다 네가 날 레지던트실까지 옮겨다 논 거야?"

"맞아. 유령 친구들하고 같이."

"그럼 내가 고마워하더라고 전해 줘."

고로의 허세가 계속됐다.

"무슨! 어쨌든 널 기절시킨 쪽은 우리니까."

"기절한 거 아니라니까! 갑자기 취기가 돌아서 그랬던 거지."

고로의 강한 척이 계속되자, 유령 고로는 웃음을 머금은 얼굴이 되었다.

"어차피 그 친구들하고는 일 년 뒤에나 만나는걸, 뭐."

"일 년 뒤?"

"우리가 모여서 무슨 의논 같은 거 할 일도 없는데 왜 같이 붙어 다니겠냐? ……그날은 일 년 만에 만난 거고, 또 의사까지 데려갔으니 예상치 못하게 도를 넘게 된 것뿐이지. 원래 유령들이 사람들 괴롭히려고 나타나는 건 아냐! 오해하지 말았으면 좋겠어."

“내가 화낼 일이 별로 없었대도 그러네?”

고로는 휴가 전에 있었던 일을 거듭 언급하는 유령 고로가 자꾸 자존심을 건드는 것 같아 못마땅했다.

“……그보다 오늘은 너한테 묻고 싶은 게 있어.”

이 말을 던진 고로의 눈길이 살며시 날카로워졌다.

“뭔데?” 유령 고로가 갑자기 궁금하다는 표정을 지었다.

“지금까지는 생각 못 하고 있었는데…… 너 분명, 뭔가 이유가 있어서 내 앞에 모습을 나타낸 거지?”

“……”

고로의 질문이 예상 밖이었는지, 유령 고로는 천천히 입을 다물었다. 고로로서는 유령 고로의 당황한 얼굴을 보는 것은 처음이었다.

“나한테 설교하려고 일부러 내 앞에 나타났을 리는 없어. 그치? ……너 이 세상에서 아직 해결 못 한 뭔가가 있는 거지?”

고로의 계속되는 추궁에, 유령 고로는 한동안 아무 말 없이 고로의 얼굴을 유심히 보기만 하다가, 마침내 천천히 고개를 끄덕였다.

“맞아. 네 앞에 그냥 나타난 건 아냐.”

‘음, 역시 그랬군…….’

유령 고로가 '실토'에 고로는 만족스러운 표정을 지었다. 지금까지 쭉 당하기만 했던 유령 고로와의 관계에서 처음으로 칼자루를 손에 쥔 듯한 느낌이었다.

"그런데 의외다. 솔직히 네가 그런 의문을 가지리라곤 생각 못 했는데……."

"유령 만나는 것도 벌써 여섯 번째잖아. 이젠 뭐 놀라고 말고 할 것도 없고 익숙한 상황이니까. 좀더 객관적으로 분석할 수 있게 되었다고나 할까?"

고로가 으스대듯 말했다.

"논리로 따지고 드는 건 여전하군."

유령 고로가 얼굴에 살짝 미소를 띠었다가 다시 진지한 표정으로 돌아가며 말을 계속했다.

"사실은…… 오늘은 너한테 부탁을 할 생각으로 왔어. 이미 내 마음을 죄다 들켜버린 것 같긴 하지만……."

유령 고로에게서 점점 더 속 깊은 얘기가 나올 참이었다.

"무슨 부탁인지 한번 얘기해 봐. 물론 내가 들어줄 수 있을지 아닐지는 나중 문제로 하고."

고로는 타인의 부탁을 들어주고 타인을 위해 자신을 희생하는 타입은 전혀 아니었지만, 당장에 유령 고로의 부탁이 무엇인지 알고 싶어 몸이 근질근질해졌다.

"고마워. 그럼, 얘기할게."

"내가 열아홉 살이던 해 여름에 있었던 일이야. 하치조섬으로 향하는 배에서 어떤 여성을 만났어. 사쿠라(さくら)라는 이름을 가진……. 그때를 이미 죽고 난 지금도 잊을 수가 없어. 서로 시선이 마주쳤을 때, 온몸이 마치 감전이라도 된 듯 찌릿했거든."

"음……."

"말하자면, 운명적인 만남이었어. 그날부터 내가 죽은 날까지 계속 만났지. 나보다 두 살 연상이었고…… 야무진 편이지만 마음씨는 따스한 사람이었어."

"함께 살았냐?"

"동거를 한 건 아니지만, 내가 자리를 잡으면 결혼할 생각이었어. ……다투기도 많이 했지만 아무튼 우리는 사이가 좋았지."

"그런데 어느 날 갑자기 네가 불치병에 걸려버렸다는 거지?"

"우울한 얘긴 그만두지. 그건 너도 싫어하니까."

"그래도 넌 입원한 지 얼마 되지도 않아서……."

"그랬지……."

"그래서 네 소원이 뭔데? 살아 있을 때 전하지 못한 생각을 사쿠라…… 씨에게 전해 달라고? 아니면 지금도 변함없는 네 마음을 전해 달라는 거냐?"

"그렇게 자꾸 재촉하지 마. 난 살아서 충분히 내 마음을 전했고, 지금도 매일매일 가까이에서 사쿠라를 지켜보고 있어. 그래서 사쿠라에 대해서는 마음속에 크게 남아 있지 않아."

"그렇다면…… 대체 소원이 뭐야?"

고로는 도통 알 수 없다는 듯 고개를 비틀며 물었다.

"얘기가 다시 옛날로 거슬러 올라가는데…… 내가 열여덟 살 때 어머니와 다투고 가출을 해버렸어."

"기록에는 네 주소가 고후(甲府)로 되어 있던데?"

"맞아. 내가 하고 싶은 것이 있었는데, 당시 주위 어른들이 심하게 반대하셔서 어쩔 수 없이 집을 나와 상경한 거야."

"그럼 가출한 뒤로는 한 번도 어머니를 만난 적이 없어?"

"아니, 한 해에 두 번가량은 편지로 내 근황을 알리고 있었지만, 결국 어머니와 재회하게 된 것은 병원에서지. 자리를 잡을 때까지는 집에 돌아가지 않겠다는 생각을 하고 있었으니까."

"어머니도 그렇고…… 너도 많이 쓰라렸겠네."

"좀 그렇지?"

"그러면 네 소원은 어머니께 뭔가를 전하는 거냐?"

"어머니한테만 전하면 의미가 없어."

"그럼…… 어떻게 해달라고?"

"사쿠라를 어머니와 만나게 해줬으면 해."

"뭐, 뭐라고?" 순간 고로의 눈이 날카로워졌다.

"어머니를 만나러 가도록 사쿠라를 설득해 줬음 해."

"왜 그러는데? 난…… 이해가 잘 안 가는데? 이제 와서 어머니께 소개한다 해도, 네가 사쿠라 씨와 결혼할 수 있는 것도 아니잖아?"

고로의 반응에 유령 고로는 피식 쓴웃음을 지었다.

"어유…… 한심하긴. 네 최고급 두뇌도 하등 쓸모없구나? 설마 유령인 내가 살아 있는 사람과 결혼하겠다고 하겠어?"

"그냥 해본 소리야."

고로는 아무렇지도 않은 표정으로 말했다.

"그런데 사쿠라 씨는 어머님과 안면이 있는 거냐?"

"응. 입원 중에 줄곧 둘이서 교대로 간호를 했기 때문에 알아. 뭐, 난 거의 의식이 없었지만."

"병원에서만 만났단 얘기군?"

"그래. 물론 어머니도 사쿠라와 내 관계를 대충 짐작은 하셨겠지. 의식 없는 환자를 앞에 두고 화기애애하게 얘기를 나눌 수 있는 상황이 아니었을 뿐이지.”

“흐음…… 꽤 복잡하네.”

“미묘하고, 약간 어색한 분위기였겠지.”

“그런데 이제 와서 두 사람을 만나게 해서 뭐 하겠다는 거야? 두 사람 사이의 오해라도 풀어주고 싶어서?”

“특별히 오해가 있었던 건 아냐.”

“그럼, 도대체 왜 그러고 싶은 건데?”

유령 고로가 동쪽 하늘을 올려다보았다. 별들이 군데군데 총총 떠 있는 새벽하늘이었다.

“이제 시간이 없으니, 내일 다시 얘기해. 아무튼 오늘 꼭 사쿠라를 만나러 가줬으면 해. 그리고 어머니와 만나달라고 꼭 부탁해 줘.”

“오늘 말이야?”

고로는 너무 갑작스럽다는 듯 항의의 뜻을 전하려 했지만, 평소와는 달리 몹시 진지한 유령 고로의 얼굴을 마주하니 더 이상 말이 나오지 않았다.

“뭐가 뭔지 잘 모르겠다.”

“부탁이야! ……일생을 건 부탁이다!”

납득할 수 없어 떠름한 기색을 보이는 고로에게 유령 고로는 한층 더 진지한 표정으로 호소했다.

164

"네 일생은 이미 끝났잖아."

"제발 그렇게 잔인하게 말하지 마!"

이 말을 하는 유령 고로의 얼굴은 금방 눈물이라도 떨어뜨릴 것 같았다. 그런 유령 고로의 얼굴을 본 고로도 당황스러웠다.

"내가 간다고 해도…… 갑자기 그런 일을 부탁하러 가면 내 말을 믿어주기나 하겠어? 뭐라고 말하지? 죽은 남자친구의 유령이 나타나서 부탁했다고? 이상한 놈이라고 경찰에 신고나 안 하면 다행이지."

"안 되더라도 우선 부탁만이라도 해줘. 어떻게 해서든 둘을 만나게 해줘!"

유령 고로는 마치 궁지에 몰린 모습 같았다.

"이제 곧 첫닭이 운다. 사쿠라의 주소를 알려줄 테니 메모부터 해."

고로는 마지못해 앞가슴 주머니에서 메모지를 꺼내 유령 고로가 부르는 대로 이름과 주소를 받아썼다.

"부탁한다, 고로!"

유령 고로는 기도하듯 두 손을 모으고 말했다.

거의 동시에 첫닭이 울었고, 유령 고로는 옅어져갔다.

고로, 고로, 고로

8월 20일 금요일이었다. 내과 병동은 이날 음산할 정도로 가라앉아 있었다. 긴급입원도 없었고, 상태가 갑자기 변하는 환자도 한 사람 없었다.

고로가 없는 동안 정신없이 업무를 봐야 했던 레지던트 3인조는 오랜만에 찾아온 한가한 하루에 몸이 나른하고 축축 처지는 모양이었다. 계속 굼뜨게 일을 하느라 언제 끝날지 모르는 이들과는 달리 고로는 혼자서 척척 일을 정리해 나갔다. 그래서 6시가 되었을 땐 고로의 업무가 모두 끝나 있었다.

다른 때라면 이런 날 저녁에는 일찍 끝난 행복감에 한창 젖어 있었을 것이다. 레지던트실에 틀어박혀 최신 의학 문헌을 검색하거나 유전자 치료 공부에 몰두해 있을 터였다.

그러나 오늘 고로는 노트북도 켜지 않은 채 혼자 레지던트실 의자에 앉아 있었다. 고로 자신은 의식하지 못하고 있지만 간간이 푹푹 내쉬는 한숨 소리가 방 안을 무겁게 잠식하고 있었다. 고로의 손엔 어제 유령 고로에게서 듣고 적은 메모지가 들려 있었다.

'이케우치(池內) 사쿠라……'

'그녀'의 이름이었다.

'고로 녀석의 소원을 들어줘야 하나? ……찾아간대도 과연 내 말을 믿어줄까?'

고로는 자신이 전할 얘기가 조금이라도 현실성을 띠고 있다면 일말의 가능성이 있을 거라 생각했지만, 아무리 곱씹어도 그건 '아니올시다'였다. 자신이 유령 고로와 만난 지금까지의 경위도 그렇고, 앞으로 해달라고 하는 부탁 내용도 그렇고, 그걸 어떻게 믿게 하고 어떻게 움직이게 할 수 있을지 고로는 영 자신이 없었다.

'당신의 남자친구가 나타나서, 아니 남자친구 유령이 나타나서 당신이 꼭 자신의 어머니를 만나줬으면 한다는 말을 전

해 달랬다고 한다면…… 그런 말을 들은 사람 중에 그 말을 곧이곧대로 받아들여 줄 이가 얼마나 될까?'

고로는 뭐든지 합리적이고 실증적인 것만을 진지하게 생각한다고 자부하던 자신이 유령의 부탁을 들어줄 양으로 이런 고민을 하고 있는 게 한편으로 너무 우습다는 생각이 들었다.

'난 왜 고로의 부탁을 들어주려 하는 거지? 여지껏 나와 관계없는 일은 그냥 무시하면서 살아왔잖아?'

고로의 고민은 점점 더 깊어졌다.

'고로, 부탁이야…….'

'부탁이야, 고로…….'

평소 건방지게 자신의 신경을 건들곤 하다가 어젯밤 갑자기 간절한 모습으로 부탁을 하던 유령 고로의 눈빛이 다시금 떠올랐다.

"에잇!"

고로가 발딱 일어나 가방을 움켜쥐고 힘차게 방문을 열어젖혔다.

"고로, 어디 가?"

막 방문을 열고 들어오려던 참이던 데쓰야가 깜짝 놀라 고로에게 물었다.

"잠깐 나갔다 올게."

고로는 데쓰야에게 눈길도 주지 않은 채 휙 달려 나갔다.

"기다려, 고로! 인수인계는 어떡하고? 내일부터 내가 휴가 잖아!" 당황한 데쓰야가 고로를 불러 세웠다.

"두 시간쯤 뒤엔 돌아올 거야! 어차피 10시까진 안 끝나잖 아!"

후딱 뒤를 돌아보고 이 한마디를 짧게 던진 고로는 다시 가 던 길을 재촉했다.

"꼭 돌아와야 돼! 알았지?"

데쓰야는 마치 자신이 다짐하듯 큰 소리로 외쳤다. 뒤도 돌 아보지 않는 고로의 뒷모습을 눈으로 쫓으면서 데쓰야가 연신 목을 갸웃거리며 혼잣말을 했다.

"왜 저러지? 고로 녀석, 눈이 정상이 아닌 것 같아…….
역시, 뭔가 이상해. 으음, 고로가 요즘 들어 분명히 이상해졌 어."

전철을 타고 우에노(上野)역에서 게이세이(京成)선으로 갈아탄 고로가 도착한 역은 호리키리쇼부엔(堀切菖蒲園)이었다. 아직 저 녁 7시가 되기 전이었지만 밖은 이미 어둑어둑해져 있었다. 어느새 여름도 막바지에 이르러 해가 점점 짧아지고 있었던 것이다.

가까운 가로등 아래에 멈춰 선 고로는 가방에서 도쿄 시내 지도를 꺼내 가쓰시카(葛飾)구 페이지를 열었다. 고로가 가르쳐 준 사쿠라의 주소를 확인하고는 걷기 시작했다.

사쿠라는 '클로버 하이츠'라는 빌라에 산다 했다.

'여기인가?'

소규모 공장 몇 곳이 줄지어 늘어선 길의 한쪽 모퉁이에 클로버 하이츠가 서 있었다. 여덟 가구가 사는 2층짜리 빌라는 녹색과 흰색으로 칠한 깔끔한 건물이었다. 하지만 베란다가 좁고 옛날식 구조로 돼 있는 걸 보면, 아무리 줄잡아도 지은 지 20년은 돼 보였다.

고로가 입구로 들어서니 깔끔한 외관과는 달리 군데군데 페인트가 벗겨진 벽과 붉게 녹이 슨 계단 난간이 눈에 들어왔다. 사쿠라가 산다는 205호는 2층 계단 입구의 모퉁이 집이었다. 현관 바로 옆에서 세탁기가 힘차게 돌고 있고, 저녁을 준비하고 있는지 환기팬에서는 맛있는 냄새가 맴돌고 있었다.

'아무튼 거절당한다고 생각하고 시도라도 한번 해보자!'

심호흡을 크게 한 번 하고 난 고로가 벨을 눌렀다.

"네!"

격자 모양으로 바른 창 안쪽에서 여성의 맑은 목소리가 들려왔다. 청량한 가을하늘처럼 청아한 목소리였다. 고로가 긴장이 되는지 자신도 모르게 등을 반듯하게 펴고 문이 열리기를 기다렸다. 곧 현관문이 열렸다.

"어떻게 오셨어요?"

티셔츠 위에 앞치마를 두른 여성이 현관문을 반만 열고 얼굴을 내밀었다.

'사쿠라 씨구나!'

나이는 유령 고로가 말했던 대로 20대 후반쯤 됐을까? 화장기 없는 얼굴이라 또렷한 이목구비가 한층 더 두드러져 보였다. 요코와는 또 다른 타입이지만 꽤 미인이었다. 그러나 확실히 한 성격 할 것 같았다.

"이케우치 사쿠라 씨 되시는지요?" 고로가 물었다.

"예, 그런데요. 누구시죠?"

사쿠라는 눈을 커다랗게 뜨며 고로를 힐끗 쳐다보았다.

'음, 여기서 기가 죽으면 안 된다. 겁먹은 듯한 태도를 보이면 의심을 받을 거다.'

"데이토대학병원 분원에서 근무하는 레지던트 아오야마 고로라고 합니다."

고로가 가슴을 펴고 자신을 소개했다.

"데이토대학병원 분원……."

사쿠라의 얼굴이 약간 흐려졌다.

세탁기가 탈수 단계로 들어갔는지 갑자기 진동이 심해지고 더 큰 소리를 내고 있었다.

고로는 헛기침을 한 번 하고, 용건을 꺼냈다.

"6년 전에 저희 병원에서 사망한 기쿠치 고로 씨를…… 아시죠?"

"네, 알고 있습니다만……."

한순간 침묵이 흐른 후에 사쿠라가 대답했다.

"고로 씨 문제로 할 얘기가 있습니다."

"고로 씨 문제라니요? ……이미 옛날에 죽은 사람인데, 이제 와서 무슨 얘기가 있다는 거죠?"

사쿠라는 믿기지 않는다는 표정으로 물어 왔다.

"전할 말이 있습니다."

"의사시군요? 까다로운 얘기는 듣고 싶지 않습니다."

"의학적인 얘기가 아닙니다."

"솔직히 말해, 그때 일은 생각하고 싶지 않아요."

사쿠라의 이 말 속에 한숨이 섞여 나왔다.

세탁기의 탈수 과정이 끝나가는 모양이었다. 세탁기 소리에 묻혀 있던 매미 우는 소리가 어디선가 들려오기 시작했다.

"갑자기 찾아와서 이런 말을 꺼내게 돼서 저도 대단히 송구스럽습니다. 하지만 일단 얘기는 들어주셨으면 합니다."

“……알았어요. 지금 뭘 하던 중이어서, 짧게 말씀해 주셨으면 해요.”

사쿠라는 문을 더 열어주며 고로를 집안에 들였다.

“아무튼 제 말을 끝까지 들어주셔야 합니다.”

자신의 말을 믿어주지는 못해도, 우선 다 들어주기만 해도 성공이라는 생각에 고로는 거듭 당부했다.

“알았으니, 어서 얘기해 보세요.”

사쿠라가 약간 짜증이 난 얼굴로 얘기를 재촉했다.

고로는 단도직입적으로 얘기를 시작했다.

“실은 지난 주, 고로 씨의 유령이 병원에 나타났습니다.”

“네에?”

사쿠라가 어이없다는 듯이 고로를 쳐다봤다. ‘이 남자가 도대체 무슨 말을 하는 거야’라는 얼굴로.

‘어차피 이 정도 반응은 예상했으니까……. 이렇게 된 바에야 내 머리가 조금 이상하다고 생각해도 상관없다. 어쨌든 얘기해야 한다.’

고로는 여전히 진지한 눈빛으로 말을 이어갔다.

“저도 물론 처음에는 믿을 수가 없었습니다. 유령을…… 실제로 만나다니 정말 있을 수 없는 일이었으니까요.”

사쿠라의 입이 아까보다 더 벌어진 것 같았다. 놀랐다기보다는 점점 더한다는 표정이었다.

고로는 무시당하는 느낌이 들었지만 상관하지 않고 얘기를 계속했다.

"그리고 그 후로 매일 밤이면 저는 병원에 있는 중앙정원에서 고로 씨의, 그러니까 고로의 유령과 만나 새벽녘까지 여러 이야기를 나눴습니다. 그리고 오늘…… 바로 16시간쯤 전의 일입니다만, 고로가 제게 부탁을 하나 했습니다."

"……무슨 부탁인데요?"

질렸다는 듯한 웃음을 띠며 사쿠라가 물었다.

"사쿠라 씨가 고로의 어머니를 한번 만나줬으면 좋겠다는 말을 전해 달라고 했습니다."

"흐음……." 사쿠라가 한숨을 내쉬었다. 어깨를 한 번 움츠리며 올렸다 내리더니 이렇게 말했다.

"저는요. 뭐랄까, 매우 현실적인 인간이에요. 그러니까 유령이나 귀신 같은 건…… 전 믿지 않아요."

역시 고로가 예상했던 대로였다.

"저도 바로 얼마 전까지는 그랬습니다. 저야말로 그런 사람이었습니다. 그렇지만 정말입니다. 실제로 고로를, 고로의 유령을 만났습니다."

고로는 온 힘을 다해 호소했다. 하지만 사쿠라의 반응은 서

늘했다.

"증거는요?"

"증거요? 음…… 그러니까 고로는 살결이 희고 머리칼은 찰랑거리는 장발에다, 한눈에 예술하는 사람인 것 같은 잘생긴 젊은이고……."

고로는 생각나는 대로 두서없이 말하고 있었다.

"그런 건 사진이나 기록을 보면 다 알 수 있는 거잖아요."

"아, 그럼 고로와 제가 주고받은 대화를 그대로 재현해 볼까요? 먼저 처음 만났을 때는……."

"저기요……. 이제 됐어요."

사쿠라가 고로의 말을 잘랐다. 이미 듣고 싶은 마음이 없는 것 같았다.

"부탁입니다. 믿어주세요. 고로가 제게 절실하게 한 부탁입니다."

고로는 자신이 필사적이라는 것을 깨달았다. 그러고는 문득 남의 일에 이처럼 열성을 올리는 자신의 모습이 낯설게 느껴졌다.

사쿠라는 여전히 냉담했다.

"머리 좋은 사람들 중에 괴짜가 많다는데 정말 사실인가 보군요."

"너무 심하시네요!" 고로는 무심결에 불쑥 화를 냈다.

"어머나, 제가 기분 상하게 했나 봐요? 하지만 제 입장도 생각해 보세요. 이제 와서 6년 전의 얘기를 꺼낸다고 뭐가 달라지겠어요? ……저는 원래 앞만 보고 사는 사람이에요. 오늘 하루 사는 것만으로도 머리가 꽉 차서 옛날 일은 생각할 여유가 없어요."

"……"

사실로 받아들이지 못하는 거야 이미 충분히 예상한 일이었지만, 먹고사는 얘기까지 나오자 고로는 말문이 콱 막혔다.

"엄마!"

그때 여자아이가 하나 나타났다. 머리를 어깨까지 기른 아이는 고로의 쌍둥이 조카들보다 조금 어린 듯했다.

엄마 곁에 다가온 아이를 보고 고로는 나지막이 한숨을 쉬었다.

'앞만 보고 산다는 게 이런 뜻이었구나. 일찌감치 재혼해서 아이도 낳고……. 하긴, 고로가 죽은 지 6년이나 지났으니까.'

고로는 어쩐지 허무한 기분에 휩싸였다.

'고로가 안됐지만, 분명히 새 인생을 살고 있는 그녀를 붙

잡고 무슨 부탁을 할까!'

기운이 싹 빠진 고로는 완전히 체념 상태가 됐다.

'그 녀석도 알고 있었을 텐데, 왜 내게 이런 부탁을……?'

머리가 갑자기 복잡해졌지만, 이제는 이 집을 나서야겠다는 생각이 들었다.

그때 아이가 자신에게 다가왔다.

"아저씨! 뭐 하러 왔어요?"

가까이서 본 아이의 얼굴에 고로는 흠칫 놀랐다. 틀림없이 여자아인 줄로만 알았는데, 실은 남자아이였던 것이다. 그리고 아이의 시원스러운 눈매는 다시 한 번 고로를 놀랬다.

'고로 녀석을 쏙 빼닮았다! ……어찌 된 일이지?'

"고로, 저쪽에 가 있어. 밥 다 됐으니까 금방 식사할 거야."

'고로라고?'

사쿠라가 아이를 '고로'라고 부르자, 고로는 그 자리에 얼어붙고 말았다. 놀라서 멍하니 서 있는 고로에게 사쿠라는 냉담하게 말했다.

"죄송합니다만, 이젠 돌아가 주셨으면 해요."

떠나기를 독촉받고서야 고로는 간신히 입을 열었다.

"저…… 혹시, 죽은 고로의……?"

고로의 질문이 채 끝나기도 전에 사쿠라는 단박에 말을 잘랐다.

"고로라는 이름, 함부로 부르지 마세요!"

"조금만이라도 얘기를 해주시면 안 될까요?"

고로는 이대로는 물러날 수 없다고 생각했다. 그러나 사쿠라는 응대해 주지 않았다.

"됐으니까 이제 돌아가 주세요."

"딱 3분만 부탁드립니다. 고로 얘기를……."

고로는 어떻게든 들러붙으려 했지만, 사쿠라는 더욱더 쌀쌀해질 뿐이었다.

"이래 봬도 제가 가라테 2단이에요! 지금 여기서 나가지 않으면 당장 경찰에 신고하겠어요!"

고로는 사쿠라에게 등을 떠밀리다시피 억지로 밖으로 내쫓겼다. 동시에 현관문이 쾅 소리를 내며 닫혔다.

재미있는 비밀

"……그랬구나!"

티셔츠에 짧은 바지를 입은 남자가 고개를 끄덕였다.

"응……."

파란색 잠옷바지를 입은 남자도 고개를 끄덕였다.

8월 21일 토요일 새벽 2시.

데이토대학병원 분원의 중앙정원에 서 있는 두 명의 젊은
이, 아니 한 사람의 젊은이와 한 사람의 유령은 여느 때처럼
피닉스 나무 아래서 얘기를 주고받고 있었다.

“아무튼…… 나 정말 깜짝 놀랐어. 설마 너에게 아들이 있을 거라고는……. 왜 진작 말하지 않았지?”

고로가 지금까지와는 달리 한층 부드러워진 얼굴을 하고 말했다.

“……내가 죽던 날이었지, 사쿠라가 내 아이를 가졌다고 알게 된 게. 참으로 ‘오 마이 갓!’ 할 일이지, 안 그래?”

눈을 까뒤집으며 뒤로 넘어가는 시늉을 하며 유령 고로가 익살맞은 동작을 해 보였다.

“그때까지 전혀 눈치 채지 못했어?”

“그 아이는 내가 죽고 나서 아홉 달 뒤에 태어났어. 사쿠라 자신도 내가 살아 있는 동안에는 알아차리지 못했을 거야.”

“……하지만 그건 마음에 크게 남아 있겠구나. 자기 아이 얼굴조차 못 보고 저 세상에 가버리다니.”

고로가 조금 움츠러든 목소리로, 조심스럽게 말했다.

“괜찮아. 아이가 태어난 날부터 내가 쭉 지켜보고 있으니까. 오히려 과보호일 정도지. 하하하하!”

습기를 머금기 시작한 공기를 날려버리듯 유령 고로가 웃어 젖혔다.

“그것보다…… 한번 생각해 봐.”

여전히 웃음을 띤 유령 고로가 말했다.

"사쿠라는 아직 젊으니까 얼마든지 다시 시작할 수가 있어. 아니 그래야 하지. 원래 그런 성격이니까. 나에 대한 일은 단호하게 잊고 다시 새 길을 갈 수 있을 거야."

고로는 이렇게 말하는 유령 고로의 눈에 물기 비슷한 것이 어리는 것을 보았다.

'저게…… 눈물인가?'

사람들의 속마음을 읽기엔 자신이 영 젬병이라고 생각하는 고로로서는 지금 유령 고로의 눈에 눈물이 맺힌 것인지 확신할 수 없었다.

"그런데도 사쿠라 씨는 네 아이를 낳겠다고 결심했잖아."

"그리고 지금도 혼자서 내 아이를 기르고 있지……. 아, 나만큼 행복한 유령은 그리 많지 않을 거다."

또다시 환하게 웃는 유령 고로를 앞에 두고 고로는 복잡한 생각에 휩싸였다.

'행복하다고?'

유령 고로는 죽어서까지도 자신이 행복하다고 말하고 있다.

"마음에 걸리는 게 한 가지가 있는데…… 우리 어머니가 아직 모르신다는 거야. 이 세상에 당신의 손자가 있다는 사실을." 유령 고로의 말이 계속됐다.

"하, 참……. 사쿠라 씨도 네 어머님께 아무 말씀도 드리지 않은 거야?”

“응. 하지만 사쿠라의 마음도 잘 알아. 말씀드릴 계기가 없는 채로 어쩌다 보니 오늘까지 와버린 거지.”

“그렇지만 네 어머니도 아셔야 하지 않을까? 사쿠라 씨에게도, 아이에게도 좋을 것 같은데……?”

“그러니까…… 다시 한 번 네가 도와줄래? 사쿠라를 다시 만나서 우리 어머니를 꼭 만나달라고 부탁을 좀 해줘.”

“……알았어. 내가 해볼게.”

고로는 굳게 결심한 듯 유령 고로에게 오른손을 내밀다가 당황해서 곧바로 손을 내렸다.

유령 고로가 웃는 얼굴로 끄덕였다.

“고마워. 그럼 우선 연구부터 해보자. 어떻게 사쿠라를 설득할지.”

“우선 어떻게 해서든 사쿠라 씨가 내 말을 믿게 해야겠지.”

두 사람은 피닉스 나무 아래서 머리를 맞대고 이런저런 아이디어를 짜냈다. 그러나 사쿠라의 마음을 움직일 만한 묘안은 떠오르지 않았다.

“안 되겠다. 아무리 생각해도 내 얘기만으로는 사쿠라 씨가 납득하지 않을 것 같아.”

고로가 한숨을 쉬었다.

"그런 말 하지 마. 사쿠라를 설득할 사람은 너밖에 없어."

유령 고로도 곤혹스러운 얼굴이 되었다.

"사쿠라 씨처럼 현실적인 사람을 납득시키려면 뭔가 결정적인 증거가 필요해."

"증거……?"

"아주 짧은 순간이라도 좋으니, 사쿠라 씨 앞에 네 모습을 나타낼 수 없을까?"

"그렇게 할 수 있었다면 벌써 옛날에 내 뜻을 이뤘지!"

"그건 그렇다."

고로는 어깨를 움츠리고 올렸다 내려 보였다.

"하…… 어떻게 해야 하나?"

유령 고로가 동쪽 하늘을 보며 말했다.

"벌써 시간이 다 된 거야?"

"그런 것 같아."

"오늘 토요일이지? 평일보다는 한가하니까 일하면서 생각해 볼게."

고로의 다짐에도 유령 고로는 힘없이 중얼거렸다.

"어쩔 수 없지……."

"힘내. 저녁에 내가 다시 한 번 사쿠라 씨를 찾아가 볼게. 한번 최대한 설득해 볼게."

고로의 격려에도 마음이 놓이지 않는지 유령 고로가 또 한 마디를 던졌다.

"그래도 안 되면 최후의 수단을 쓸 수밖에 없어."

생각지도 않은 유령 고로의 말에 고로의 눈이 반짝 빛났다.

"뭔가 좋은 수라도 있다는 거야?"

"딱 한 가지 있지. 이것만은 너한테 말하고 싶지 않았는데……."

"말해 봐. 가능성이 조금이라도 있는 거라면."

고로의 진지한 눈을 바라보며 유령 고로가 고개를 천천히 끄덕였다.

"그럼 지금부터 내 비밀을 너에게 털어놓을게."

"비밀?"

"아무도 모르는 비밀이다."

"너만의 극비 사항이란 말이지?"

"그래. 이 비밀을 알고 있는 사람은 이 세상에 단 한 사람밖에 없어."

"그게 사쿠라 씨란 말?"

유령 고로가 대답 대신 고개를 끄덕였다.

"그 비밀을 말하면 내가 너를 만났다는 사실을 믿어줄까?"

"아마 그럴 거야."

“그럼 진작부터 말을 하지 그랬어?”

“말하기가 좀…… 그렇거든. 그 전에, 절대로 웃지 않겠다고 약속해 줄래?”

“도대체 무슨 얘긴데 그래? 궁금하게……. 알았어, 절대 안 웃을게.”

“자, 귀를 가까이 대봐.”

아무도 들을 리 없는데도 유령 고로는 귓속말로 속삭였다.

유령 고로가 고로의 귀에서 입을 뗌과 거의 동시에 첫닭이 울었다. 창백한 볼이 불그레하게 물든 유령 고로는 “잘 부탁할게”라는 말을 남기고 사라져갔다.

토요일 낮의 병원은 고로의 예상대로 한가했다. 고로의 동료들은 오늘도 굼뜬 하루를 보내고 있었다.

고로는 병동에서 낮 근무를 하면서 도중에 몇 번이고 히쭉거렸다. 절대로 웃지 않겠다고 약속을 했는데도 유령 고로가 털어놓은 얘기를 생각할 때마다, 볼 근육이 저절로 풀어지며 웃음이 터졌다.

데쓰야는 그런 고로를 보며 분명히 고로 녀석에게 무슨 일이 생긴 게 틀림없다는 자신의 추측을 더욱 확신하고 있었다.

“어머, 아오야마 선생님! 오늘은 기분이 좋으신가 봐요.”

간호 데스크에서 링거 약을 채우고 있던 간호주임이 고로 곁으로 다가오며 말을 건넸다.

"아니, 별로요……."

고로가 고개를 반대 쪽으로 돌리며 말했다.

'이런! 하필이면…….'

고로는 간호주임에게 뭔가 자신과 엮일 건수를 만들어주면 안 되겠다고 생각했다.

"에이…… 뭔가 좋은 일이 있는 것 같은데요, 뭘."

고로의 눈을 들여다보는 간호주임의 눈이 거의 하트 모양이 되어 있었다.

"아! 맞다. 사토(佐藤) 씨한테 항생제 투여할 시간이네요! 그럼 이만, 실례……."

고로는 일부러 손목시계를 들여다보며 링거 세트가 들어 있는 용기를 손에 들고 서둘러 환자의 방으로 향했다.

오후 3시가 되자 고로는 일에서 해방됐다. 곧바로 외출 차림을 한 고로는 게이세이선에 몸을 싣고 호리키리쇼부엔역에서 내렸다.

하루 만에 다시 찾은 사쿠라의 동네는 토요일 오후라 공장들도 일찍 문을 닫은 듯했지만, 그 대신 길가 여기저기에서 아이들이 뛰어놀고 있어 활기찬 풍경을 하고 있었다.

고로는 역 앞에서 산 붕어빵을 손에 들고 클로버 하이츠를 찾아갔다. 한 번 와본 것도 경험이라고, 어제와는 다르게 클로버 하이츠가 익숙하게 느껴졌다. 205호 문 앞에 선 고로는 심호흡을 한 번 하고 벨을 눌렀다. 잠시 후 다시 눌러봤지만 아무런 응답이 없었다.

'혹시 토요일에도 일을 하는 건가?'

이대로 기다려야 할까 말까를 잠시 고민하던 고로는 사쿠라가 돌아올 때까지 무작정 기다려야겠다고 마음먹었다.

'빌라 앞에서 배회하고 있으면 의심을 받을 수도 있으니까, 어디 찻집이라도 들어가 있어야겠다.'

고로가 계단을 내려가기 시작하는 순간, 아래층에서 끼익하고 자전거의 브레이크를 잡는 소리가 났다. 아이의 목소리도 들려왔다.

빠른 걸음으로 계단을 내려와 보니, 혹시나 했는데 사쿠라 모자의 모습이 보였다. 사쿠라는 자전거 뒤쪽에서 아들을 껴안아 내리고는 수건으로 땀을 닦아주었다. 그리고 앞의 바구니에서 커다란 비닐봉지를 꺼냈다. 장을 보고 온 모양이었다.

"어? 어제 그 아저씨다!"

계단 앞에 서 있는 고로를 보고 꼬마 고로가 먼저 알아봤다. 사쿠라는 놀란 얼굴로 이쪽을 바라보고 있었다. 그리고 이내 눈썹을 찌푸렸다.

"안녕하세요. ……또 왔습니다! 고로도 안녕?"

고로가 둘에게 인사를 건넸지만 사쿠라는 시선을 외면한 채 서 있을 뿐이었다.

"아저씨 왜 왔어요?"

꼬마 고로가 걸어와서 어른처럼 긴 머리카락을 쓸어 올리며 물었다.

"고로, 이리 와!"

사쿠라가 아들을 자신 쪽으로 잡아끌자, 고로는 애기를 시작했다.

"자꾸 폐를 끼쳐 죄송합니다. 그렇지만 아무래도 한 번만 더 제 말을 들어주셨으면 합니다."

그러자 사쿠라는 단단히 마음을 먹었는지 단호한 표정으로 입을 열었다.

"이렇게 계속 저를 찾아오면 정말로 경찰을 부르겠어요!"

고로는 필사적으로 말을 이었다.

"그러시기 전에 딱 한 번만 제 애길 들어주십시오. 전 고로의 비밀을 알고 있습니다."

'고로의 비밀'이란 말에 꼬마 고로가 눈을 동그랗게 뜨고 고로를 올려다봤다. 사쿠라 역시 빤히 쳐다봤다.

"……비밀이라고요?"

"네. 사쿠라 씨만 아는 고로의 비밀요. 오늘 새벽에 고로 본인에게서 직접 듣고 왔습니다."

"허…… 또 시작이군요. 도대체 그딴 얘기를 어떻게 믿겠어요?"

그 순간 사쿠라의 말을 막기라도 하듯, 고로가 큰 소리로 외쳤다.

"고로가 밤에 자면서…… 오줌을 쌌을 겁니다!"

한순간 세 사람은 정지 화면처럼 그 자리에서 굳었다.

잠시 후에 먼저 입을 연 쪽은 꼬마 고로였다.

"전 자면서 오줌 안 싸요!"

"미안, 미안. 고로는 자면서 오줌 싸는 아이가 아니지? 아저씨 지금 네 아빠 얘기를 하고 있는 거야."

항의하는 꼬마 고로를 달래듯 고로가 말했다.

"아빠?"

꼬마 고로가 제 엄마의 얼굴을 올려다봤다. 고로도 숨을 죽이고 사쿠라의 반응을 살폈다.

사쿠라는 잠깐 망설이는 것 같더니 이내 입을 열었다.

"자, 그만 집에 들어가자."

꼬마 고로가 앞장서 걸었다. 사쿠라가 그 뒤를 따라 두세 걸음 옮기더니, 걸음을 멈추고 뒤를 돌아보며 말했다.

"잠시 들어오세요……."

고로는 마음속으로 '이제 됐다!'라고 외쳤다.

'정말 효과가 있구나!'

사쿠라가 고로를 부엌 탁자로 안내했다. 커피포트의 전원이 켜졌다. 고로가 사 온 붕어빵을 꺼내 아들에게 한 개를 집어 준 사쿠라가 고로에게도 권했다.

"드실래요?"

"감사합니다. 잘 먹겠습니다."

두 개의 커피잔이 놓인 탁자를 사이에 두고 고로와 사쿠라가 마주 앉았다. 방금 저은 커피잔에 다시 찻숟가락을 넣고 두세 번 휘저으며 사쿠라가 입을 열었다.

"그 사람…… 밤에 자면서 오줌을 쌌어요. 세 번이나."

고로는 마치 자신도 겪은 일이라는 듯이 만족스럽게 고개를 끄덕였다.

"처음엔 너무 놀랐어요. 아침에 일어나 보니 이부자리가 흠뻑 젖어 있어서……."

"그러셨겠죠."

"한밤중에 큰 비가 내려 방에 물이 찼나 하고 생각했어요. 다 큰 어른이 야뇨를 한다는 건 생각도 안 해봤으니까요."

"고로에게는 미안하지만 저도 그 얘길 듣고 웃음을 참을 수 없었습니다."

"그런데 그 얘기 어디서 들으셨어요?"

이 말에 웃고 있던 고로의 얼굴이 한순간에 굳어졌다.

"아직도 믿지 못하시겠습니까? 고로한테서, 고로 유령한테서 직접 들었다니까요!" 고로가 흥분해서 말했다.

"설마, 유령이라니요."

사쿠라는 고개를 저었다. 고로는 이 시점에서 물러나면 안 된다고 생각하며 단호히 말했다.

"그럼, 잘 생각해 보세요. 밤에 자다가 오줌 싼 얘기를 다른 사람에게 얘기할 수 있을 것 같습니까?"

"……얘기하지 않겠죠."

"그렇죠? 그처럼 부끄러운 일을 고로가 다른 사람에게 얘기할 리가 없겠죠?"

"그, 그렇죠."

"이렇게 말하는 건, 고로가 야뇨를 한 사실을 알고 있는 사람은 이 세상에서 단 두 사람, 사쿠라 씨와 저뿐이라는 겁니다."

“……그럴지도 모르겠군요.”

“고로가 부끄러워하면서 저한테 비밀을 털어논 겁니다. 사쿠라 씨가 제 얘기를 믿게 할 방법이 이것밖에 없다고요. 고로는 오로지 사쿠라 씨와 아들을 자기 어머님과 만나게 해주고 싶은 일념뿐입니다.”

고로는 필사적으로 설명했지만, 사쿠라는 여전히 미심쩍어했다.

“하지만 그래도 믿을 수 없어요. 유령이라니요!”

“그럼, 대체 어떻게 하면 믿으시겠습니까?”

고로의 애절한 눈빛을 보며 사쿠라가 잠시 생각에 잠기더니 말문을 열었다.

“지금부터 몇 가지 질문을 할게요. 분명하게 대답해 주세요.”

“네. 좋습니다.”

“고로를…… 고로의 유령을 어디서 만났죠?”

“병원의 중앙정원에서요.”

“고로의 모습은 당신밖에는 보이지 않나요?”

“그렇습니다.”

“그 사람은 매일 밤 나타나나요?”

“네. 피닉스 나무 아래에요.”

고로의 대답은 막힘이 없었다.

"몇 시쯤에요?"

"새벽 1시부터 3시 사이입니다."

"알았어요. 그럼 오늘 밤에 제가 직접 병원에 가겠습니다."

"예?" 뜻밖의 말에 고로가 놀라서 사쿠라를 쳐다보았다.

"오늘 밤은 저도 같이 있겠어요. 이 눈으로 확인하지 않으면 절대 믿을 수가 없어요."

"하지만 아마도 사쿠라 씨에겐 고로의 모습이 안 보일 텐데요."

"모습은 보이지 않아도 고로 씨가 거기에 있다는 건 느낄 수 있을지도 모르죠."

"제가 혼자 있지 않고 다른 사람과 같이 있어도 나타나줄지는 모르겠는데요……."

고로가 자신 없어 하자 이번에는 사쿠라가 열을 냈다.

"그런 말 마세요! 전 고로 씨를 가장 잘 이해하는 사람이고, 지금도 그 사람의 아이를 기르고 있어요. 제가 있다고 그 사람이 안 나타나는 일은 없을 거예요."

"그게…… 과연 그렇게 될 수 있을지……."

고로는 '일이 이상하게 꼬이네……' 하고 생각했다.

유령 고로가 안 보인다고, 혹은 느껴지지 않는다고 사쿠라가 발걸음을 돌릴까 걱정이 됐다.

"당신이 고로 씨와 대화하는 모습도 보고 싶고요."

"하지만 만약 고로가 나타난다 해도 모습이 보이지 않는다면…… 사쿠라 씨에겐 제가 무슨 말도 안 되는 연극을 하고 있는 것처럼 보일 테죠."

"당신의 연극 정도는 저도 간파할 수 있어요. 이제 됐죠? 오늘 밤 저도 그 자리에 있겠습니다."

"그렇지만 중환자 가족도 아닌데 그런 늦은 시간에 방문하면 의심을 받아요. 최근에는 병원도 감시가 심하니까."

곤란한 표정을 짓고 있는 고로에게 사쿠라가 자신 있게 말했다.

"꽤 소심하군요. 그런 일은 걱정 마세요."

"소심하다고요? 전 그냥…… 사쿠라 씨가 걱정돼서 한 말입니다."

"저한테 맡기세요. 6년 전에 매일 병원을 오가며 고로 씨를 간병했으니까요. 어쩌면 당신보다 그 병원 구조를 상세하게 알고 있을걸요? 뒷문도 잘 알고 있구요."

"그래도……."

아직도 고민하고 있는 고로를 아랑곳하지도 않고 사쿠라는 앞서 나가기 시작했다.

“일단 그러기로 정해지면 즉시 우리 엄마한테 전화드려야
해요. 오늘 밤 고로를 맡아달라고 해야 되니까.”

사쿠라는 고로의 대답을 듣지도 않고 약속시간과 장소를
정했다.

“그럼, 오늘 밤 12시 반. 병원 뒷문으로 통하는 골목에 있
는 편의점에서 봐요. 꼭 나오세요!”

한밤중의 소풍

8월 22일, 일요일 밤 12시 반.

편의점에서 만난 고로와 사쿠라가 병원으로 향했다.

"서두르세요! 다른 사람들 눈에 띄기 전에 빨리요!"

분원 뒷문에서 고로가 좌우를 여러 번 살피며 사쿠라를 불렀다.

"의사이면서 겁이 꽤 많으시군요. 이 시간에 사람들 눈에 띌 리가 없잖아요."

가방을 등에 멘 사쿠라가 당당히 뒷문으로 들어갔다.

“환자 가족도 아닌 사람을 허가 없이 병원 안에 들여보내
다 들키면 제가 책임을 지게 됩니다.”

고로는 걱정스러운 얼굴로 말했다.

“예, 예. 알겠습니다.” 사쿠라가 웃으며 답했다.

“쉿! 목소리도 너무 커요. ……여기예요. 이쪽으로 가면
아무도 만나지 않고 중앙정원까지 갈 수 있어요.”

병동과 병동 사이, 한 사람이 겨우 빠져나갈 정도의 공간
속을 두 사람은 일렬로 통과하고 있었다.

“6년 전에 병원 안을 꽤 돌아다녔다고 생각했는데 이런 샛
길이 있는지는 몰랐네요.”

어둠 속에서 사쿠라가 고로에게 말했다.

“조심해서 걸으세요. 군데군데 파인 곳이 있으니까.”

“다리를 삐어도 문제없죠. 여긴 병원이잖아요.”

동작 하나하나가 조심스러운 고로와는 달리, 사쿠라는 여
유 있는 모습이었다.

두 사람이 피닉스 나무 아래에 도착한 것은 12시 40분경이
었다.

“아직 시간이 좀 있어요.”

시간을 확인하며 고로가 중얼거렸다.

사쿠라는 가방 속에서 여행용 돗자리를 꺼내 나무 아래에 펼쳤다.

"잠깐만요. 고로는 언제나 나무 바로 밑에 나타나니까 조금 떨어진 곳에 앉는 편이 나을 것 같습니다."

10미터쯤 떨어진 풀밭 위에 돗자리를 깐 두 사람은 나란히 피닉스 나무 쪽을 보고 앉았다.

사쿠라가 가방을 뒤지며 뭔가 바스락거리는 소리를 내더니, 곧 크고 작은 반찬통들을 꺼냈다. 익숙한 손놀림으로 순서대로 그릇의 뚜껑을 열어가자, 순식간에 두 사람 앞에 화려한 잔칫상이 펼쳐졌다.

"드세요."

놀라서 입을 벌리고 있는 고로에게 사쿠라가 말했다.

"야식으로 드세요. 책에서 읽었는데 레지던트들은 너무 바빠서 보통 변변한 식사를 할 수가 없다 그러더라고요. 배달음식만 줄창 먹거나 편의점에서 파는 것 같은 인스턴트 음식들 위주로 먹든가……."

"이걸 전부 사쿠라 씨가?"

"네. ……요리 잘 못할 것처럼 보이나 보죠? 깜깜해서 잘 안 보이는 게 유감이지만 음식 색깔도 맞췄어요."

"우아, 굉장하네요."

고로가 군침을 삼켰다.

"한밤중에 소풍 나온 기분이 드네요. 자, 드세요."

"송구스럽습니다."

"이상한 말을 잘 쓰시는군요. '송구스럽습니다'라…… 잘 먹겠다고 해야 하는 거 아닌가요?"

사쿠라가 웃었다.

"네, 그럼…… 잘 먹겠습니다!"

처음에는 좀 쑥스러운 듯 조심스레 젓가락질을 하던 고로는 이내 허겁지겁 먹어대기 시작했다.

사쿠라가 보리차를 따른 종이컵을 내밀었다. 그걸 받아 들면서 고로는 조금 불안해졌다.

'고로 녀석이 정말 나타나기를 기대하는 것 같은데…… 얼굴을 볼 수 없다는 걸 알게 되면 무척 실망하지 않을까?'

입 안 가득 넣은 음식을 우적우적 씹으며 고로는 또 다른 걱정을 하고 있었다.

'고로 녀석, 설마 오늘 사쿠라 씨랑 같이 왔다고 나타나지 않는 건 아니겠지?'

손목시계의 바늘이 새벽 1시를 가리켰다.

그러나 그 자리에 나타난 것은 유령 고로가 아니고 들고양이 삼총사였다. 어떻게 알고 왔는지 음식을 달라고 조르는 듯한 울음소리를 내며 두 사람 쪽으로 어슬렁거리며 다가왔다. 유령 고로를 만난 이후로 고양이들의 모습을 보는 건 처음이 었다.

"알았어, 너희들도 어서 먹어라."

사쿠라가 고양이들에게 오뎅과 생선 스테이크 쪼가리 등을 주었다.

"안 돼요, 귀여워하면!"

고로는 '녀석들 버릇 든다'는 생각과 '음식이 아깝다'는 생 각이 반반이었다.

"좀 나눠줘도 괜찮잖아요. 고양이들도 당신처럼 배가 고픈 모양이에요."

"그렇지만 여긴 병원이라서……."

"어머!"

고로의 말이 끝나기도 전에, 갑자기 사쿠라가 한 옥타브 높 은 목소리로 외쳤다.

"기억나네요, 이 얼룩무늬 고양이."

얼룩무늬 고양이는 음식을 더 달라고 응석 부리는 듯이 행 동했다.

"이 얼룩무늬 고양이는 6년 전에도 여기 있었어요. 아, 참 반갑다! 그땐 아주 작은 새끼였는데."

"그때도 이 중앙정원에 나와 보셨습니까? 여긴 병원 직원들도 잘 오지 않는 곳인데."

"……고로 씨가 갑자기 쓰러진 게 저한텐 너무 충격이었거든요. 필사적으로 간병을 했지만, 상태가 심각해지고 있다는 건 누가 봐도 알 수 있었어요. 그리고 우리에게 주어진 시간도 너무 없었고…… 막막하고……."

사쿠라가 회상에 잠긴 듯, 그러나 담담한 표정으로 말했다.

"정말…… 힘드셨겠군요."

"그럴 때 가끔 이곳에 나오곤 했어요. 이 녀석들도 보고, 우유도 주고 그랬죠."

"그랬군요……."

주는 음식을 쉬지 않고 먹고 있는 얼룩무늬 고양이의 머리를 사쿠라가 사랑스럽게 만지는 걸 보며, 고로는 자신도 그런 상황이 되면 고양이들을 좋아하게 될 수 있을까 궁금해졌다.

"어머! 아까보다 덜 드시네요? 부지런히 안 드시면 고양이에게 다 뺏겨요."

사쿠라가 다시 고로 쪽으로 고개를 돌리며 말했다.

"네. 먹겠습니다."

고로는 햄버거에 주먹밥까지 먹고 보리차로 입가심을 했다. 잠시 동안 침묵의 시간이 흐른 뒤, 고로가 입을 뗐다.

“뭐 좀 물어봐도 될까요?”

“그러세요.”

“고로를 간병할 때 고로 어머님과 함께 계셨나요?”

“그때는요……”

사쿠라는 먼 곳을 바라보는 눈길로 얘기하기 시작했다.

“고로 씨가 긴급히 입원한 날 밤, 일단 그 사람의 아파트로 돌아가 집 주소를 찾아봤어요. 고로 씨가 어머님과 만나지 않은 지 한 3년 정도 됐을 때라, 집 안 구석구석을 세 시간이나 뒤집어 놓은 끝에 겨우 어머님에게서 온 편지 한 통을 찾아냈어요. 그다음 날로 어머님이 병원에 오시고 그 뒤부터는 둘이서 교대로 고로 씨를 간병했죠. 전 휴가를 냈고요.”

“어머님과는 얘기를 해봤나요?”

“그럼요. 우리 둘뿐이었으니까요. 이런저런 얘기를 나눴어요. 고로 씨가 도쿄에 나온 다음 살아온 얘기라든가…… 물론, 우리 둘이 사랑하고 있다는 것도요. 그 상황에서 숨길 수도 없는 일이었죠.”

“그럼, 꽤 마음을 터놓은 분위기였겠네요?”

“음, 미묘했어요. 상황이 상황인 만큼 침착하게 얘기를 나눌 수 있는 분위기가 아니었어요. 입원하고 7일째 되는 날 고로 씨가 의식불명 상태에 빠지고 난 뒤로는, 친척들이 계속해서 찾아왔고 전 그 자리에 있을 수가 없었어요.”

“저…… 그럼 장례식에는……?”

고로가 조심스럽게 물었다.

“물론, 참석했어요.”

“그랬군요.”

고로가 고개를 숙인 상태에서 끄덕였다.

“그날 이후로는 한 번도 만나 뵙지 못했죠.”

“……”

“어머! 음식이 다 식었네요. 더 드세요! 드시면서 얘기하
면 되죠.” 사쿠라가 아직 많이 남아 있는 반찬통들을 고로 쪽
으로 밀면서 말했다.

“삶은 요리는 싫어하세요?”

음식들을 살피면서 고로가 말했다.

“왜요?”

“표고버섯은 들어 있지 않겠지요?”

고로의 이 말에 사쿠라가 큰 소리로 웃었다.

“하하하하! 표고버섯 싫어하시는구나!”

“왜 웃으세요?”

“우리 고로도 표고버섯 정말 싫어해요. 우리 아이요. 어쨌
든 참 재밌네요. 음, 안심하세요. 전 표고버섯 넣는 요리는

안 하니까."

"아드님과 제 경우는 다르죠. 전 어른이잖아요."

고로가 볼멘소리로 말했다.

"음, 그게 다가 아닌데……. 고로 아빠도 당신처럼 표고버섯을 아주 싫어했어요."

"정말입니까?"

"네. 그런데 왠지 우연이라는 생각이 안 드네요. 사실, 뮤지션과 의사는 정반대 부류 같지만, 이름도 그렇고 음식 취향도 그렇고 둘 사이에 뭔가 공통점이 많아요."

"아, 제 생각이 맞았군요. 어렴풋이 짐작을 하곤 있었는데, 역시 고로가 뮤지션이었군요."

"네. 도쿄에 살면서부터 줄곧 낮에는 공장에서 일하고 밤에는 클럽이나 라이브하우스에서 연주를 했어요. 죽기 2년 전부터는 밴드 리더가 돼서 기타와 보컬까지 맡았죠."

"아, 꽤 본격적으로 활동했나 보네요."

"무척 고생을 했지만 인기를 막 얻기 시작해서 메이저 음반사랑 계약했을 때는 얼마나 기뻐했는지 몰라요."

"어, 그 정도로 실력파였나요?"

어느 날 밤이었던가 유령 고로 앞에서 형편없는 노래를 불렀던 일이 생각나, 고로는 갑자기 얼굴이 붉어졌다.

"매일매일 스튜디오에 틀어박혀 잠도 안 자면서 음악에만 열중했어요. 그렇게 해서 첫 앨범을 다 만들었는데…… 너무 무리를 한 거겠죠. 그 일주일 뒤에 쓰러져버렸으니까요."

고로는 뭔가 대꾸할 말을 찾지 못한 채 입을 굳게 다물고 있었다.

"하지만 앨범은 제대로 발매가 됐어요. 어쨌든 다행이랄까요, 그렇게 바라던 일이 이루어졌으니까. 그리고 히트 앨범은 아니지만 그래도 지금까지 계속해서 팔리고 있어요. 음…… 조금 과장되게 말하면, 모르는 사람은 모르지만, 아는 사람에게는 아주 가치 있는 명반 대접을 받는 앨범이에요."

사쿠라가 만족스러운 듯 미소를 지었다.

"저도 꼭 들어보겠습니다."

"꼭 들어보세요. 제 생각엔, 아마 맘에 드실 거예요. 사실, 전 그 당시엔 고로 씨 앨범을 제대로 들을 수 없었어요. 심적으로 너무 힘든 상황이었기 때문에…… 최근에야 겨우 안정된 기분으로 들을 수 있게 됐지만요."

세상 모든 것이 가라앉은 듯한 고요한 밤이었다. 산들바람이 감미롭게 불어와 피닉스 나무를 살짝씩 건드려댔다.

"그런데 사쿠라 씨는 왜…… 아니, 이런 걸 물으면 실례가 되겠죠?"

"뭐예요! 말을 꺼냈으면 확실하게 끝까지 얘기해 주세요. 찝찝하잖아요."

"아, 그러니까…… 사쿠라 씨는 왜 고로의 아이를 낳기로 결심했습니까?"

고로는 어렵게 말을 꺼내긴 했지만, 문득 남의 인생 애기는 알고 싶어 하지도 않았던 자신이 왜 이런 걸 묻고 있는 걸까 의아해졌다.

"그 애기인가요? 조금도 실례될 게 없어요. 대답은 간단해요. 그 사람을 사랑하고 있었으니까요."

고로는 잠자코 고개를 끄덕였다.

"그 사람의 기타 소리에 반했고, 노래에 반했고, 모든 것에 다 반했죠. ……제 마음을 흔드는 노래였어요."

"음……."

"부끄럽잖아요. 더는 물어보지 마세요."

"네, 알겠습니다." 고로의 입가에도 살짝 미소가 번졌다.

고로는 사쿠라에게서 시선을 돌리고 손목시계를 보았다. 시곗바늘이 어느새 2시를 넘어가고 있었다.

"많이 늦네요."

'정말로 고로 녀석이 나타날까' 하는 조바심에 고로는 더욱 불안해졌다.

"아무튼 3시까지 기다리죠."

사쿠라는 알 듯 모를 듯한 "휴우" 하는 한숨을 내쉬었다.

그러고는 담담한 어조로 말했다.

"참 이상하죠?"

"네? 뭐 말씀입니까?"

"그러니까, 오늘 8월 22일은…… 고로 씨가 죽은 날이에요. 설마 그 사람 기일에 여기에 오게 될 거라고는 생각도 못 했어요."

사쿠라의 말에 고로는 깜짝 놀랐다. 진료기록카드 내용에 의하면 분명 유령 고로의 사망일이 8월 22일이었다.

'오늘이 정말로 고로 녀석의 기일이구나!'

그때, 아직까지 두 사람 주위를 배회하고 있던 들고양이 세 마리가 일제히 야옹야옹하며 울더니 공기를 가르며 도망쳤다.

갑자기 색다른 기운을 느낀 고로가 돌아보니, 피닉스 나무 아래에 유령 고로가 서 있었다. 기타를 들고서.

피닉스 나무 아래서, 파트2

두 사람은 말이 없었다.

새벽 2시 20분. 애타게 기다리고 있던 두 사람 앞에 드디어 유령 고로가 모습을 나타냈다.

기타를 든 유령 고로의 모습을 처음 본 고로는 한동안 뭔가에 홀린 듯한 기분으로 쳐다보고 있었다. 조그만 움직임에도 달빛을 받아 빛을 내는 기타를 든 그 모습은 영락없는 프로 뮤지션의 모습이었다. 고로 자신도 유령 고로의 진면목을 보여주는 듯한 그 광경에 압도되는 듯했다.

"왜 그러세요?"

사쿠라가 피닉스 나무 쪽을 유심히 응시하고 있는 고로에게 물어보았다.

"왔어요. 고로가 왔어요. 저기, 나무 아래에."

"전 안 보여요."

"오늘은 기타를 가지고 왔어요. 사쿠라 씨한테 노래를 불러주려고 하는가 봅니다."

"고로, 정말 해냈구나. ……사쿠라, 안녕!"

유령 고로가 두 사람에게 인사를 했다.

"들리십니까? 고로의 목소리? 방금 인사했는데, 들으셨어요?" 고로가 사쿠라에게 물었다.

"아니요……. 들리지 않아요."

뭔가가 일어나고 있다고 느낀 사쿠라가 약간 흥분한 얼굴을 하고 답했다.

"역시 안 들리나 보네. 혹시나 하고 기대했었는데……."

유령 고로가 아쉬운 표정으로 말했다.

"아, 참 미안해. 기다리게 해서. 준비 좀 하느라고 늦었어." 유령 고로가 고로에게로 시선을 돌리며 말했다.

"준비라니, 무슨 준비?"

"네 작품을 마무리해서 편곡했는데, 음, 꽤 괜찮은 노래가 됐어."

“내 작품?”

사쿠라는 숨을 죽인 채, 피닉스 나무를 향해 말을 하고 있는 고로의 옆 얼굴과 피닉스 나무 쪽을 번갈아 보고 있었다.

“혹시…… 요전 날에 널 기다리면서 내가 즉흥으로 흥얼거린 거? 그, 그건 노래라고 할 수도 없는데?”

“웬일로 그리 겸손한 말을 하고 그래? 어울리지 않게! 네가 흥얼거린 노래가 의외로 괜찮더라고. 어쩌면 히트할지도 몰라.”

“무슨, 말도 안 되는 소리를…….”

“가사를 더 써 넣어서 곡을 완성시켰어. 원래 네 노래이지만, 공동 창작자로 내 이름을 넣어도 되겠지?”

“맘대로 해.”

“생큐! 그럼 지금부터 할게.”

두 사람의 대화에, 아니, 고로의 일방적인 말에 잠자코 귀를 기울이고 있던 사쿠라에게 고로는 흥분해서 말했다.

“지금부터 고로가 저와 둘이서 만든 곡을 노래하겠답니다!”

사쿠라는 가만히 고개를 끄덕였다.

잠시 기타의 튜닝을 하는가 싶더니, 이내 유령 고로가 두 명의 관객을 향해 힘차게 외쳤다.

"신사 숙녀 여러분! 너무 오래 기다리게 해서 죄송합니다. 고로입니다. 오늘은 한 곡만 노래할 테니까 귀를 활짝 열고 잘 들어주시기 바랍니다. 만든 지 얼마 안 된 따끈따끈한 신곡입니다."

고로의 고개가 저절로 끄덕여졌다.

"그럼, 들어주십시오. 고로와 고로가 둘이서 만든 노래 '피닉스 나무 아래서'입니다!"

고로가 박수를 쳤다. 사쿠라도 기대에 찬 눈빛으로 피닉스 나무 쪽을 바라보았다.

열두 줄 기타의 맑은 음색이 새벽녘의 중앙정원에 울려 퍼졌다. 유령 고로가 노래를 부르기 시작했다.

피닉스 나무 아래서
나는 기다린다
그 유령 녀석을
오늘 밤에는 네 정체를
꼭 밝히고 말 거야

피닉스 나무 아래서
나는 기다린다

그 유령 녀석을
넌 왜 내 앞에
나타난 거야

그래, 불쾌한 녀석이지
하지만 왜 그럴까
나도 모르게
자꾸 신경이 쓰이네

유령 고로의 노래와 연주에 고로는 자신의 귀를 의심했다.

틀림없이 그날 밤 자신이 흥얼거린 멜로디였다. 그런데도 지금 눈앞에서 연주되고 있는 곡은 도저히 같은 곡이라고는 생각되지 않는 멋진 '작품'이 되어 있었다.

자신의 느낌을 오롯이 담아놓은 유령 고로의 노래를 들으며, 고로는 마치 자신이 노래를 부르고 있는 듯한 묘한 착각에 빠져 들었다.

유령 고로의 노래는 계속됐다.

피닉스 나무 아래서
나는 기다린다

그 엘리트 녀석
오늘 밤에는 네 코를
납작하게 만들 거야

피닉스 나무 아래서
나는 기다린다
그 엘리트 녀석
오늘은 어떻게든
내 소원을 말하겠어

그래, 불쾌한 녀석이지
하지만 왜 그럴까
나도 모르게
자꾸 의지하게 되네

여기까지 노래하자 유령 고로가 고로를 손짓으로 불렀다.

"닥터 아오야마! 나랑 같이 노래해 줄래?"

유령 고로의 노래에 푹 빠져 있던 고로가 갑작스러운 제안
에 자리에서 일어나고 말았다.

"왜 그러세요?"

사쿠라는 무슨 일이 일어나고 있는지 궁금할 따름이었다.

"고로가 저더러 노래를 같이 하자는군요."

유령 고로가 다시 한 번 고로를 불렀다.

"고로, 어서 와."

고로가 피닉스 나무 아래로 천천히 걸어갔다. 그곳은 이미 유령 고로의 콘서트 무대가 돼 있었다. 간주곡의 솔로 기타를 연주하며 유령 고로가 말했다.

"가사를 알려줄 테니까 같이 노래해."

"알았어."

피닉스 나무 아래서

오늘도 만나자

알고 보면 우린 둘도 없는 단짝

우리가 힘을 합하면

꿈을 이룰 수 있어

고로가 노래를 부르기 시작하자, 유령 고로는 고음 파트를 하모니카로 연주하기 시작했다. 유령 고로의 하모니카와 기타 반주에 맞춰, 고로는 수줍어하면서도 열심히 노래했다.

이 광경을 사쿠라는 미소를 지으며 지켜보고 있었다.

그래, 널 만날 수 있어서 기뻤어
고마워, 나의 친구야
굿바이, 마이 프렌드

"자, 처음부터 다시 한 번 불러보자!"
"오케이!"

피닉스 나무 아래서
나는 기다린다……

고로는 이제 조금도 부끄럽지 않았다. 피닉스 나무 아래에
서 유령 고로와 얼굴을 마주 보며 리듬에 맞춰, 음악에 맞춰
기분 좋게 부르는 고로의 모습은 프로 뮤지션이 아닌 아마추
어에게서만 느낄 수 있는 진실성이 담겨 있었다.

고로가 들려주는 노래에, 사쿠라도 일어나 손뼉을 치며 장
단을 맞췄다.

그래, 널 만날 수 있어서 기뻤어
고마워, 나의 친구야
굿바이, 마이 프렌드

마지막 코러스를 세 번 반복한 후, 엔딩 기타가 노래의 마무리를 알리며 울렸다 그쳤다.

고로는 유일한 관객 사쿠라를 향해 유령 고로와 나란히 고개를 숙였다. 사쿠라가 온 힘을 다해 박수를 치며 환호했다.

유령 고로가 고개를 들고 다시 한 번 사쿠라에게 외쳤다.

"사쿠라, 사랑해!"

유령 고로는 계속해서 박수를 치고 있는 사쿠라를 향해 미끄러지듯이 걸어갔다. 피닉스 나무에서 떨어지자마자 유령 고로가 엷어지는 것이 고로의 눈에 보였다.

이제 거의 투명해진 유령 고로가 사쿠라와 마주 보았다. 사쿠라는 박수를 멈추고 가만히 앞을 바라보고 있었다.

고로는 피닉스 나무 아래에서 두 사람의 모습을 숨을 죽이고 지켜보았다.

시간이 멈춰버린 듯한 새벽녘의 고요함 속에 유령 고로와 사쿠라가 꼼짝도 하지 않고 서로를 바라보고 있었다. 살아서 미처 못다 한 이야기들이 목에 엉기어 입을 못 열게 하는지는 몰라도, 두 사람은 말이 없었다. 어쩌면 서로의 변함없는 사랑을 확인이라도 하는 것 같다고 고로는 생각했다.

사쿠라가 눈을 감자, 유령 고로가 살그머니 자신의 이마를 사쿠라의 이마에 갖다 댔다. 그 순간 사쿠라가 살짝 미소 짓는 것 같았다. 잠시 뒤 유령 고로가 사쿠라의 등 뒤로 돌아가 어깨를 사랑스럽게 안았다.

그때 첫닭이 울었다. 유령 고로의 모습은 사쿠라의 어깨를 안은 채로 옅어지기 시작했다. 그녀의 온기를 아까워하듯, 천천히 천천히 그렇게 사라져갔다.

유령 고로가 떠나는 걸 확인한 고로는, 잠시 뒤 사쿠라에게로 다가갔다.

사쿠라는 땀에 흠뻑 젖어 상기된 얼굴을 하고 있는 고로를 보며 말했다.

“저…… 믿어요!”

눈물을 머금은 사쿠라의 눈이 반짝였다.

“정말입니까?” 고로는 기뻐서 날아오를 것만 같았다.

“저한테는 고로 씨의 모습도 안 보이고 목소리도 들리지 않았어요. 하지만 분명히 느꼈어요. 고로 씨가 제 마음속에서 내내 당신과 함께 노래하고 있던 것을……. 전 믿어요, 당신이 해준 모든 얘기를.”

사쿠라가 분명하고 확신에 찬 표정으로 말했다.

“고맙습니다, 사쿠라 씨.”

고로가 얼떨결에 사쿠라의 손을 잡았다. 두 사람은 서로의 손에 힘이 들어가는 걸 느낄 수 있었다.

이 순간, 고로는 한 번도 느껴보지 못한 '기쁨'을 맛보고 있었다. 그 기쁨은 또한 '상쾌한 기쁨'이었다.

'아…… 이 상쾌함은 어디서 온 걸까?'

"그럼, 고로의 어머님을 만나주시겠어요?"

고로는 '이제 됐다' 싶은 듯, 사쿠라에게 물었다.

"네. 결심했어요!" 사쿠라의 단호한 대답이었다.

"잘됐습니다. 정말 잘됐네요."

얼굴이 함박웃음으로 가득해진 고로는 이제야 겨우 어깨의 짐을 내려놓는 기분이었다.

"마음을 먹었으니, 오늘 오후에라도 곧바로 찾아뵙겠어요."

"과연, 사쿠라 씨는 행동으로 옮기는 것도 빠르군요! 그럼, 아무쪼록 잘 다녀오시기 바랍니다."

작은 새들의 우짖는 소리가 들려오고 주변이 서서히 밝아왔다. 고로의 벅차오르는 가슴은 아직도 진정되지 않았다.

"그런데요, 저기 괜찮으시다면……."

사쿠라가 조심스레 입을 열었다.

“아, 네. 말씀해 보세요.”

“고로 씨도 함께 가주시지 않겠어요?”

“예? ……왜 저를?”

뜻밖의 부탁에 고로의 눈이 휘둥그레졌다.

“부탁해요. 저희랑 같이 가주세요. 저하고 아이만 가면, 너무 어색할 것 같아요. ……선뜻 용기가 나지 않아, 갔다가 되돌아올 수도 있을 것 같아요.” 사쿠라는 진지했다.

‘아휴…… 아직도 내 역할이 끝나지 않았구나! 나야말로 그런 쪽으론 영 젬병인데…….’

고로는 밤을 꼬박 새운 피로가 갑자기 밀려오는 듯했지만, 조금 전의 그 흥분은 결코 가라앉지 않았다.

재회 그리고 작별

8월 22일, 일요일 오후.

고로는 사쿠라 모자와 함께 신주쿠(新宿)역에서 만나 특급열차 아즈사(あずさ)에 몸을 실었다. 목적지는 야마나시(山梨)현의 고후였다.

차멀미 같은 건 좀처럼 하지 않지만 지난 사흘간 거의 눈을 붙이지 못해서인지, 고로는 차도 아닌 기차로 이동하면서도 멀미를 하는 사람처럼 녹초가 되어 있었다.

'기차가 참 많이 흔들리네.'

고로는 의자에 몸을 더욱 묻었다.

꼬마 고로는 차창 밖으로 펼쳐지는 풍경이 신기한지 눈을 뗄 줄 몰랐다. 문득 고로는 자신도 저 나이 때엔 저런 것들을 신기해했었나 떠올려봤다.

"어머님이 그 얘기를 믿으실까요?"

맞은편 의자에 꼬마 고로와 나란히 앉은 사쿠라가 말했다.

"설마요. 유령 얘기를 하면 오히려 더 의심만 받겠죠. 사쿠라 씨도 처음에는 절 이상한 눈길로 쳐다봤잖아요?"

고로가 벌겋게 충혈된 눈을 비비며 대답했다.

사쿠라는 고로가 처음 집으로 찾아왔을 때가 생각났는지 살짝 웃음을 띠었다.

"아저씨, 유령을 만나봤어요?"

창밖의 경치를 바라보고 있던 꼬마 고로가 '유령'이란 말에 귀가 솔깃해진 모양이었다.

"응, 그래."

"어떤 유령인데요?" 꼬마 고로의 눈이 회동그래졌다.

"고로, 얌전히 있어. 아저씨와 엄마가 지금 중요한 얘기를 하고 있는 중이니까." 사쿠라가 아이의 말을 딱 잘랐다.

"나중에 천천히 얘기해 줄게."

고로는 아이를 안심시키려는 듯 친밀감 있게 말했다.

“네. 나중에 꼭 얘기해 주셔야 돼요.”

다시 창밖으로 고개를 돌린 아이가 창에 이마를 붙였다.

“고로, 창유리가 지저분할 수도 있으니까 자꾸 얼굴을 대지 마.”

사쿠라의 말에 아이가 금세 창에서 이마를 뗐다.

꼬마 고로는 루미, 레미와는 사뭇 다른 아이였다. 엄마 말을 꽤 잘 듣는 아이…… 아니면 엄마를 무서워하는 걸까?

“……그래요. 갑자기 그런 말씀을 드려도 못 믿으실 거예요. 음, 그러면 아오야마 씨는 의사라고 말하는 게 더 이상할 수도 있겠네요.” 사쿠라가 말을 이어나갔다.

“그건 맞는 것 같아요. 전혀 관계도 없는 제가 따라가는 건 아무래도 자연스럽지 않죠. 잘못하면 이상하게 오해받을 수도 있고요.” 고로도 사쿠라의 말에 동의했다.

사쿠라가 잠시 생각에 잠기는 것 같더니 이렇게 말했다.

“좋아요. 그럼 이렇게 하죠. 아오야마 씨는 제 남동생인 거예요.”

“남동생요?”

“아이의 삼촌과 동행하는 거니까 어머님도 이상하게 안 보실 거예요.”

“뭐…… 괜찮은 생각 같네요.”

연기를 해야 한다는 부담감은 있었지만, 고로도 그러는 편이 좋겠다는 생각이 들었다. 하지만 여전히, 자신이 맡은 역할을 그럴듯하게 잘해 낼까 걱정이 되기도 했다.

"고로, 이 아저씨는 이제 '삼촌'이라고 불러, '고로 삼촌'. 알았지?"

엄마의 말을 유심히 들은 아이가 고로를 다시 쳐다봤다.

"저랑 같은 이름이네요, 삼촌?"

"그렇지? 너도 고로고, 나도 고로고."

고로는 다시 한 번 꼬마 고로를 향해 웃어주었다.

'내가 언제부터 이렇게 웃음이 헤퍼졌지?'

아즈사 특급이 고후역에 도착한 건 오후 2시 반이었다.

세 사람은 역 앞 로터리에서 택시를 탔다. 고로가 유령 고로의 진료기록카드에서 베껴 온 주소를 기사에게 건넸다.

"번지수만 봐서는 찾는 데 오래 걸릴 텐데…… 혹시 이 댁의 성씨가 어떻게 되는지 아세요?"

나이가 지긋해 보이는 택시 기사가 물었다.

"기쿠치 씨입니다."

"아, 알겠습니다. 예전의 기쿠치 의원 댁 말하는 거군요."

"기쿠치 의원요……?"

고로가 오히려 되묻자, 사쿠라가 대신 대답했다.

"예, 맞습니다."

어리둥절해 있는 고로에게 사쿠라가 말했다.

"모르고 계셨나 봐요. 고로 씨 아버지는 의사였어요."

"정말입니까?"

"개업 의사였는데 고로 씨가 고등학교에 다닐 때 갑자기 쓰러지셔서 그대로 돌아가셨대요. 저도 그 정도밖에 모르고요. 고로 씨는 집 얘기를 거의 하지 않아서……."

"개업 의사……."

고로는 뒤통수를 한 대 얻어맞은 것 같은 기분이었다. 유령 고로를 두 번째로 만나던 날, 자신이 "동네 의원은 별 볼일 없다"고 큰소리쳤을 때가 떠올랐다.

'그때 녀석은 어떤 기분이었을까?'

갑자기 후회가 밀려왔다.

'왜 말을 하지 않은 거야, 그 녀석!'

시내에서 한참을 달리던 택시는 시가지에서 빠져 완만한 고갯길을 오르기 시작했다. 창밖 풍경도 한가로운 모습으로 바뀌었다.

"야, 포도다!" 꼬마 고로가 엄마를 보며 말했다.

"와, 정말이다. 참 많다, 그치?"

길가의 여기저기에 포도원이 펼쳐지고 있었다. 싱싱한 진보랏빛 포도 송이들이 오후 햇빛을 듬뿍 받아 탐스러운 빛을 내고 있었다. 이제 곧 수확기가 다가올 것이다.

이윽고 택시는 고갯길의 산 중턱에서 멈추었다.

원래 기쿠치 의원이었음을 말해 주는 단층 건물은 아담한 것이, 아직 간판이 붙어 있었다 해도 그야말로 마을 보건소 같았을 모습이었다. 근처에는 사람의 기척도 없어 을씨년스러웠다.

그 건물 바로 옆에 기쿠치 댁이 있었다.

"와, 굉장하다……."

세 사람의 눈앞에 묵직한 모습의 기와집이 나타나자, 꼬마 고로가 먼저 입을 열었다. 그야말로 격식 있게 지은 전통적인 일본 가옥이었는데, 길가에 위치한 옛 의원 건물과는 전혀 다른 위용을 드러내고 있었다. 앞뜰도 꽤 넓어서 문에서 현관까지 족히 30미터는 되는 듯했다.

"우리, 이 집에 놀러 왔어요?"

꼬마 고로가 고로를 쳐다보며 물었다.

"응, 그래. 그런데 할머니께 인사도 드리러 왔어. 그리고 고로야, 나를 '삼촌'이라고 부르는 거야, 알았지?"

“네!”

꼬마 고로는 이런 풍경의 기와집에 온 것이 흥미로운 모양이었다.

“어떡하죠? 왠지 긴장이 돼요.”

사쿠라가 벌써 안절부절못하고 있었다. 아이의 친할머니를 찾아뵈는 일은 당찬 사쿠라에게도 큰일이었던 것이다.

“너무 걱정 마세요! 잘될 겁니다.”

이렇게 말하면서 고로는 꼭 유령 고로가 자신에게 옮겨 온 듯한 느낌이 들었다.

“맞아요. 잘될 거예요!”

꼬마 고로가 고로의 흉내를 내며 엄마의 기운을 북돋아 주었다.

현관 앞에 선 고로가 벨을 눌렀다.

“예, 누구십니까?”

벨이 달린 인터폰에서 여성의 목소리가 흘러나왔다.

“실례합니다. 저는 이케우치라고 합니다.”

“네…… 어떻게 오셨는데요?”

역시 요즘 같은 시대에 무턱대고 문부터 열어주는 집은 거의 없다. 고로는 머릿속에 미리 준비해 둔 대사를 단번에 쏟아냈다.

"갑자기 찾아와서 죄송합니다만, 돌아가신 아드님 건으로 어머님께 전하고 싶은 것이 있어서 도쿄에서 왔습니다. 기억하고 계신지요? 6년 전, 아드님 고로 씨가 데이토대학병원 분원에 입원했을 때 함께 곁을 지켰던 이케우치 사쿠라를요."

유령 고로의 얘기가 너무 갑작스러웠는지, 인터폰의 여성은 한동안 아무 말이 없다가 입을 떼었다.

"이케우치 사쿠라…… 예, 기억해요."

여성이 대답하자, 고로는 틈을 두지 않고 말했다.

"저는 사쿠라의 남동생인 이케우치 고로라고 합니다. 아! 아드님 고로 씨와 이름이 똑같습니다, 우연히요……."

쓸데없는 말을 한 것 같아 고로는 잠시 당황하며 말을 이어갔다.

"아, 저기…… 6년간이나 소식이 없다가 이제야 찾아뵙게 돼 대단히 송구스럽습니다만, 저희 누나가 무슨 일이 있어도 꼭 고로 씨 어머님을 찾아뵙고 싶다고 해서 오늘 누나와 함께 왔습니다."

용건을 전한 고로는 가슴을 조이며 응답을 기다렸다. 몇 초 동안 조용하던 여성의 응답이 돌아왔다.

"……그렇군요. 고마워요. 잊지 않고 찾아주셨군요. 그럼 잠깐만 기다려주세요."

고로는 안도하며 가슴을 쓸어내렸다. 고로도 적잖이 긴장을 했는지 이마에는 땀이 송송 솟아 있었다. 맨손으로 땀을 훔치며 뒤쪽에 멀찍이 서 있던 사쿠라에게 오케이 사인을 보냈다.

잠시 후에 문을 여는 소리가 났다.

"어서 들어오세요."

목소리가 방금 전 인터폰에서 나던 목소리였다.

고로가 안으로 들어서자, 분홍색 장미꽃이 그려진 원피스를 입은 단아한 부인이 서 있었다. 저택의 분위기를 보아 틀림없이 고풍스러운 여성이 나올 것이라고 상상하고 있었기 때문에 고로는 조금 당황했다. 자신의 어머니보다도 훨씬 젊고 세련된 느낌이 아닌가.

"처음 뵙겠습니다. 고로의 어머니예요."

부인이 싱긋 웃었다.

"처음 뵙겠습니다. 아오야마, 아니…… 이케우치 고로라고 합니다."

고로는 하마터면 자신의 이름을 말해 버릴 뻔했다. 다시 식은땀이 났다. 다행히 유령 고로의 어머니는 수상하게 여기지 않는 것 같았다.

"일부러 이렇게 찾아주셔서 고마워요. 바로 일주일 전에 고로의 6주기 제사를 지냈는데, 시간 참 빠르죠? 고로가 살아 있었으면 스물일곱이니까, 지금 오신 분과 비슷한 나이겠죠?"

"제가 좀더 어립니다."

또 아무 상관도 없는 말을 해버렸다고 고로는 생각했다.

"그래서 누님은?"

"아, 예."

고로는 당황해서 뒤를 돌아보고 사쿠라와 아들을 부르려고 했다. 그런데 어느새 자신의 바로 뒤에 꼬마 고로가 서 있는 게 아닌가!

어떻게 할까 하고 고로가 당황하고 있는 사이에, 꼬마 고로가 앞으로 나가 활기찬 목소리로 인사를 했다.

"처음 뵙겠습니다!"

순간, 유령 고로 어머니의 표정이 굳어졌다.

"넌……!"

눈도 깜박이지 않고 물끄러미 자신의 얼굴을 응시하고 있는 할머니를 향해 꼬마 고로는 또다시 씩씩하게 말했다.

"전 이케우치 고로예요."

"고로……라고?"

"네." 꼬마 고로는 꾸밈없이 대답했다.

유령 고로의 어머니는 천천히 고개를 끄덕였다.

"내 아들 고로……."

그때 사쿠라가 들어왔다.

"네 아들이구나, 그렇지?"

실로 오랜만에 만나게 되는 사쿠라에게 유령 고로의 어머니가 이 말로 인사를 대신했다.

"죄송합니다. 전, 전……."

사쿠라는 북받쳐 오르는 감정으로 말을 잇지 못했다. 눈물이 왈칵 쏟아지며 "흑흑" 하는 울음이 터졌다.

"엄마, 왜 그래?"

엄마 곁으로 다가선 꼬마 고로도 갑작스러운 엄마의 울음에 거의 같이 울 지경이 되었다.

"엄마는 괜찮아. 지금 너무 반가워서 자기도 모르게 눈물이 나오는 거야." 고로가 꼬마 고로를 안심시키며 말했다.

"그랬었구나…… 그랬었구나, 사쿠라."

한순간에 모든 것을 이해한 유령 고로의 어머니는 흐느끼는 사쿠라의 어깨를 따스하게 감싸 안았다.

"죄송해요…… 어머니."

"나야말로 미안하지. 연락도 한번 안 하고…… 정말 미안하구나, 사쿠라. 얼마나 힘들었니?"

이 말에 사쿠라는 더욱 북받쳐 오르는지, 입을 막은 손까지 부르르 떨었다.

유령 고로의 어머니와 사쿠라가 서로 부둥켜 안았다. 두 사람의 재회를 지켜보는 고로도 눈시울이 뜨거워졌다.

사쿠라는 한참을 울고 나더니, 고개를 들고 밝게 웃어 보였다.

"고로야, 울지 마. 엄마 이제 괜찮아."

영문도 모른 채 엄마를 따라 우는 꼬마 고로를 사쿠라가 달랬다. 유령 고로의 어머니도 진정이 됐는지 고로 일행을 불러 들였다.

"다들, 어서 안으로 들어와요."

유령 고로가 태어나 자란 집이었다. 거실을 지나면서 꼬마가 고로가 놀라서 말했다.

"어? 아빠다!"

거실의 한쪽 벽에는 콘서트 무대인 듯한 배경을 뒤로하고 찍은 유령 고로의 사진이 크게 붙어 있었다. 그리고 그 아래로는 유작이 된 CD가 마치 액자처럼 장식되어 있었다.

"지금도 가끔 얘기하지만, 고로의 콘서트에 여러 차례 갔었어요. 선글라스를 쓰거나 특이한 모자로 얼굴을 감춰서 내가 갔다는 걸 들키지 않게 하면서."

유령 고로의 어머니가 조금 어색해하며 말을 꺼냈다.

"그러셨군요."

사쿠라의 눈에 또다시 눈물이 어렸다.

"이제 와서 변명을 하는 것 같지만, 난 고로가 꼭 의사가 돼야 한다고 생각하지는 않았어요. 위로 누나가 둘 있지만 아들은 고로 하나뿐이라, 친척들이나 마을 사람들은 고로가 기쿠치 의원을 이어가면 좋겠다고 했지만, 난 고로에게 꿈이 있다는 걸 알고 있었으니까요. ……결국 어느 날 주위의 압력을 더 이상 참기 힘들었는지 고로가 집을 뛰쳐나갔고요. 서로 떨어져 지내는 중에 그렇게 갈 줄은 생각도 못 해……."

말을 잇지 못하는 유령 고로의 어머니를 보며, 사쿠라와 고로가 말없이 고개를 끄덕였다.

"고로가 집을 나가 도쿄로 갔을 때, 난 고로를 그저 지켜봐주기로 했어요. 성공하기 전에는 집으로 돌아오지 않을 거란 걸 알았으니까. 가슴은 미어졌지만 마음속으로 응원하는 길밖에는 없다고 생각했어요."

유령 고로의 어머니가 다시 환하게 미소를 지었다. 그 따스한 웃음을 보며 살며시 고로의 입꼬리도 같이 올라갔다.

"고마워, 사쿠라. 그리고 고로……라고 했죠? 우리 고로

232

의 기일에 맞춰 최고의 선물을 받은 것 같네. 그리고 고로야! 할머니랑 인사해야지. 이리 오렴. 우리 손자 얼굴 좀 보자.”

꼬마 고로는 할머니에게 바짝 다가갔다. 찰랑찰랑한 아이의 긴 머리칼을 사랑스럽게 어루만지며 유령 고로의 어머니가 말했다.

“고로, 넌 네 아빠 어렸을 때를 쏙 빼닮았구나. 마치 다시 태어난 것 같아…….”

“그래서 제가 고로잖아요.”

“그래, 그래. 고로야.”

“고로야, 친할머니셔. 오늘부터 외할머니 말고 너한테 할머니가 한 분 더 계시는 거야.”

손수건으로 눈물을 닦으며 사쿠라가 밝게 말했다.

“할머니?”

이상하다는 표정으로 꼬마 고로가 할머니를 올려다보았다.

“그래. 여기가 네 아빠가 어렸을 때 살던 집이야.”

사쿠라 모자와 유령 고로의 어머니, 이들 세 사람이 풀어야 할 이야기보따리를 다 푸는 데는 몇 날 며칠 밤이 걸릴지 몰랐다.

고로는 먼저 돌아가야 할 일이 생겼다며 적당히 핑계를 둘러댄 후 기쿠치 댁을 나섰다. 처음 택시에서 내리던 때와는 달리, 한결 뿌듯하고 가벼운 발걸음이었다.

'오늘 밤 고로 녀석을 보면 할 말이 참 많겠구나.'

고로는 흔들리는 아즈사 특급에 다시 몸을 싣고 도쿄로 향했다. 꼬마 고로가 그랬던 것처럼 이제는 고로가 창밖 풍경에 눈길을 주고 있었다. 하지만 마음속으로는 전혀 다른 풍경을 그려내고 있었다.

사쿠라와 함께한 어제오늘은 고로에게도 감정적으로 힘든 시간들이었다. 오늘 고로는 눈물을 흘렸다. 눈물바다의 주인공은 고로가 아니었지만, 자신의 할머니가 돌아가신 날 이후로는 결코 남 앞에서 눈물을 보인 적이 없었던 고로였기에, 오늘 흘린 눈물은 유난히 뜨겁게 느껴졌다.

자신이 정성을 들인 중환자가 죽었을 때도, 또는 최선을 다해 환자의 생명을 건져냈을 때도 고로는 눈물을 흘리지 않았다. 죽을 때까지 눈물 흘릴 일은 거의 없을 거라 생각하던 터에, 자신의 일도 아닌 남의 일, 그것도 유령의 일을 따라다니며 눈물을 흘리다니!

'결국 나도…… 어쩔 수 없는 건가?'

어쩌면 그랬던 것 같다. 할머니의 죽음은 고로 자신이 아무리 울고불고하고 갖은 수를 써도 막을 수 없는, 사람의 능력 외의 것이었다. 자신의 유년의 거의 전부나 마찬가지였던 할머니를 무력하게 보내면서, 고로는 사람이 슬퍼하고 기뻐하고 행복해하는 모든 것이 다 부질없는 것이라고 여겼었다. 정작 사랑하는 사람이 떠나는 것을 막지는 못하기 때문이었다.

아마도 어린 나이에 그 상처가 너무 컸던가 보다고 생각했다. 그래서 세상을 향해 마음을 닫아걸고, 남들이 기뻐할 때 덜 기뻐하고, 남들이 슬퍼할 때 덜 슬퍼하며 지금까지 살아왔다. 자신의 감정에 충실한 사람이기보다는 냉철함과 합리적인 이성으로만 무장한 사람이기를 추구하며.

고로는 혼란스러웠다.

유령 고로는 죽어서도 자신이 행복하다고 말했다.

'하지만 나는?'

고로는 '성공한 의사의 길'에 대한 자신의 철학은 여전히 변함없었지만, 지금과 같은 마음가짐으로 성공 가도를 달린다 한들 과연 자신은 행복할 수 있을지 의구심이 들었다. 의사로서의 꿈을 이루기 위해, 미나가와 선배 같은 의사들을 멀리하며 꿋꿋이 자신의 길을 간다? 정상에 설 때까지는, '그날'이 오기 전까지는 늘 자신의 행복을 유예시키며 사는 삶을…… 앞으로도 견뎌낼 수 있을까?

도쿄로 돌아온 고로는 일단 집으로 향했다.

주말인데도 집에 오지 못할 것 같다던 아들이 갑자기 문을 열고 들어서자 고로의 어머니도 놀라는 눈치였지만, 이내 당신의 아들에게 뭔가 하나라도 더 먹여야겠다는 생각에 식사 준비를 하느라 부엌에서 분주하게 움직이기 시작했다.

"에이, 그냥 저녁만 먹으면 돼요. 간단하게 있는 걸로 먹으면 되는데, 뭘 자꾸 만들려고 그래요? 시간도 없는데……."

부엌 탁자에 앉아 고로가 자신의 엄마를 빤히 쳐다보며 말했다.

"엄마…… 엄마는 할머니 생각 많이 나요?"

"뭐?"

냄비를 얹은 가스레인지 쪽과 야채를 썰던 도마 쪽을 번갈아 오가던 고로의 어머니가 뜬금없는 질문에 고개를 돌렸다.

"생각 많이 나지. 어떻게 생각이 안 나겠니?"

고로의 어머니가 다시 뒤로 돌았다.

"그런데 갑자기 그건 왜 물어?"

"아니, 그냥…… 뭐 그런 일이 있어서요."

고로는 이럴 때 둘러대는 게 영 서툴렀다.

"할머니 생각나서 그러니? ……나랑 네 아버지 둘 다 돈 벌러 나가 있으니까 늘 미안했지. 네 할머니한테도, 너한테도. ……할머니가 널 무척 이뻐해 주셨잖아. 너, 어려서는 나보다 할머니랑 더 친했던 건 기억나니?”

가스레인지 위의 냄비가 부글부글 끓기 시작했다.

“너 무슨 일 있는 거 아니지?”

“에이, 일은 무슨…….”

식사 뒤 쏟아지는 졸음을 못 이겨 고로는 눈을 붙였다.

그리고 한밤중이 되자, 습관처럼 눈이 떠졌다.

“이런 시간에 어딜 간다고 그래!”라며 만류하는 가족들을 뒤로하고 집을 나선 고로는 막차가 떠나기 바로 직전에 겨우 지하철에 뛰어들었다.

그렇게 분원에 도착한 것은 새벽 12시 반이었다.

환자의 용태를 확인하고 야근 간호사에게 두세 가지 지시를 내린 고로는 곧바로 중앙정원으로 걸음을 옮겼다. 고로는 그동안의 일에 대해 유령 고로와 얘기할 생각에 몸이 한껏 달아올랐다.

여름도 막바지에 다다라 심야의 중앙정원에는 시원한 바람이 불고 있었다. 피닉스 나무 아래에 앉으니 어젯밤 유령 고로와 함께 노래를 부르던 일이 생각났다. 고로의 입가에 웃음이 번졌다. 유령 고로가 금방 나타나지 않자, 고로는 어젯밤의 노래를 흥얼거리기 시작했다.

피닉스 나무 아래서
나는 기다린다
그 유령 녀석을

'음…… 반주가 없으니 잘 안 불러지네.'

고로는 유령 녀석이 나타나면 또다시 자신을 놀릴 것 같다
는 생각에 킥킥 웃음이 났다.

새벽 1시가 되었지만 유령 고로는 나타나지 않았다. 손목
시계를 들여다보는 횟수가 점점 많아졌다.

'뭐야, 이 녀석. 오늘따라 왜 이리 늦지?'

새벽 2시가 넘어도 유령 고로는 나타나지 않았다.

그러다 문득 고로에게 뭔가가 떠올랐다. 고로는 오늘 날짜
를 계산해 보기 시작했다. 기록대로라면 유령 고로의 입원 기
간은 6년 전 8월 10일부터 22일까지였다. 생각해 보니 자신
이 처음 유령 고로를 만난 것이 8월 10일이었다.

그런데 오늘은 8월 23일 월요일이다. 6년 전의 오늘, 유령
고로는 이미 여기에 없었던 것이다.

갑자기 어제 유령 고로가 노래했던 것이 기억났다.

'굿바이, 마이 프렌드.'

고로의 얼굴이 갑자기 심각하게 굳었다.

아무래도 맞는 것 같았다. 유령 고로는 그 13일 동안만 이 피닉스 나무 아래에 나타나는 것이었다. 고로는 유령 고로가 이제 다시는 자신 앞에 모습을 드러내지 않을 것 같았다.

언제까지나 유령 고로와 만날 수 없다는 것은 고로도 어느 정도는 짐작하고 있었지만, 제대로 된 작별 인사도 없이 이렇게 끝나는 것은 너무 아쉬웠다. 아니, 딱 한 번만이라도 더 만날 수 있다면 좋을 것이다. 유령 고로의 어머니를 만난 것 하며, 사쿠라와 어머니, 꼬마 고로와 할머니가 상봉하던 장면에 대해서 꼭 얘기하고 싶었다.

손목시계를 보니 벌써 3시를 넘고 있었다.

'정말 안 오나……?'

고로는 바람 소리며, 풀벌레가 우는 소리며 자연이 내는 소리 하나하나에 귀를 기울였다. 무슨 소리가 난 것 같아 고개를 잽싸게 돌렸다가 이내 느린 리듬으로 고개를 되돌리는 일이 몇 번이고 계속됐다. 금방이라도 자신을 비웃는 웃음소리를 내며 유령 고로가 나타날 것만 같았다.

첫닭이 목청껏 울기 시작했다. 고로는 마치 자기 들으란 듯 울어 젖히는 첫닭이 야속했다.

고로가 천천히 일어섰다. 눈앞에 굳건히 서 있는 피닉스 나무를 바라보며 고로는 가슴속 깊이 또렷이 새겨 넣었다. 유령 고로와 보낸 13일간을 결코 잊지 않겠다고.

"잘 가라, 고로!"

유령 고로에게 작별을 고한 고로가 마침내 피닉스 나무에서 등을 돌리고 걷기 시작했다.

그때, 갑자기 고로의 등 뒤로 따뜻한 바람 한 줄기가 스쳐 갔다.

"고로!"

고로는 되돌아보았다.

"고로, 너냐?"

그러나 고로가 바라본 그곳에는 피닉스 나무만 우뚝 서 있을 뿐이었다.

'……고마워, 고로.'

고로는 마음속으로 천천히 되뇌었다.

'굿바이 마이 프렌드…….'

그리고 여름이 지나갔다

'언젠가 다시 만날 수 있지 않을까?'

무더위가 지나고 나서 찾아오는 선선함은 뜨거웠던 여름 탓에 상대적으로 더욱 쌀쌀하게 느껴지는 경향이 있다. 이미 분원을 찾는 사람들 중에 긴팔 옷을 입은 이들이 눈에 많이 띄었다. 휴가와 바캉스의 설렘도 모두 지난 지금, 분원의 모든 이들이 각자의 일상으로 돌아가 바삐 움직이고 있었다.

많이 나아지긴 했지만 데쓰야는 여전히 채혈 한 번 하면서도 환자의 눈치를 살피고 있었다. 노리코 역시 허둥대고 설레발치기 잘하는 그 성격이 어디 가질 않았다. 미나가와의 대책 없는 여유로움에는 병원 사람들도 점점 체념하고 적응해 가는 분위기였다.

모두들 그렇게 그대로였다. 여름 한 번 지냈다 해서 일상이 바뀌거나 삶이 바뀌지는 않았던 것이다.

그런데 고로만은 달랐다. 유령 고로와 같이, 2주도 채 안 되는 시간을 보냈던 고로는 이전과는 모든 게 달라져 있었다.

8월의 마지막 일요일.

고로는 3주 만에 요코와 데이트를 했다.

호텔 로비에서 음악을 들으며 기다리고 있던 고로는 요코의 모습을 발견하자 힘차게 손을 흔들었다.

"안녕!" 이어폰을 빼면서 고로가 말했다.

"응. 잘 지냈나 봐? 건강해 보이네. 뭐 듣고 있었어?"

오늘은 출근하는 날이 아니었을 것이다. 요코는 흰색 줄무늬가 들어간 연노란 원피스를 입고 있었다.

"비치 보이스의 '굿 바이브레이션'이라는 곡."

"음, 그 곡 한 1960년대쯤 노래 아니야?"

이상하다는 표정으로 요코가 물었다.

"잘 아네?"

"우리 회사, 음악 잡지도 만들잖아. 회사 선배들이 좋아하

242

는 곡이야. 비틀스(The Beatles)나 비치 보이스……. 그런데 고로 씨가 그런 음악도 들어?"

요코의 질문에 고로는 미소만 지었다.

"응, 조금. 그것보다 오늘 뭐 먹을래?"

"참, 그렇지. 음…… 오늘은 왠지 일식이 먹고 싶은데?"

"좋아."

둘은 중앙 에스컬레이터 쪽으로 걸어갔다.

"어때? 창간호는 잘 만들어질 것 같아?"

일식집에서 점심시간의 미니 회식 코스를 주문하면서 고로가 물었다.

"아무래도 창간이다 보니까 이런저런 신경 쓸 게 많지. 그래도 순조롭게 진행되는 것 같아. ……그런데 신기하다. 고로 씨가 그런 걸 다 물어보고."

"그래?"

"내 일에는 전혀 관심 없는 것 같더니."

"너무 바빠서 여유가 없었겠지. 이제부턴 자기 일 얘기도 다 해줘. 취재로 만난 사람들 얘기든, 출판업계의 뒷얘기든."

"뭔가 이상한데, 고로 씨가 그런 말 하니까?"

요코는 그렇게 말하면서도 싫지 않은 눈치였다.

"뭐, 괜찮잖아. 자, 여름이 다 지나간 데 대해 건배할까?"

"올해도 참 더웠습니다. 건배!"

둘은 활짝 웃으며 와인잔을 들어 올렸다.

"참, 휴가는 잘 갔다 왔어?" 요코가 물었다.

"응, 뭐. 그냥 누나네 가족여행에 끼어 갔다 왔어."

"어머, 좋았겠다! 그 말을 듣고 나니까 내 죄책감이 조금 줄어드는 기분이야."

"좋기는……. 내내 쌍둥이 조카들 상대해 주느라고 얼마나 힘들었는데."

"조카가 쌍둥이야? 귀엽겠다." 요코가 즐거워하며 말했다.

"조카들이라 귀엽긴 하지……. 그런데 누나네가 너무 방치하면서 키우는 것 같아. 뭐, 오냐오냐하면서 떠받들며 키우는 건 아닌데, 애들이 둘 다 힘이 넘치고 버릇이 없달까."

"누나한테도 뭔가 생각이 있겠지. 좋지 않나, 자유롭게 자라는 게? 이상하게 어른스러운 아이보다는 훨씬 좋다고 생각해. 특히 그 나이 때는."

"직접 못 봐서 그래. 루미와 레미가 놀고 있거나 음식을 먹고 있는 현장을 보면 아마 자기도 질리고 말걸?"

"그럴까? 그럼, 언제 한번 쌍둥이들과 만나게 해줘."

"디즈니랜드라도 데려갈까? 아마 오늘 이렇게 말한 걸 후회하게 될 거야!" 고로가 웃으면서 말했다.

“아, 그리고…… 내년 여름휴가 때는 꼭 자기와 둘이서만 여행하고 싶다. 지금부터 예약해 놓자.”

“내년 여름휴가?”

요코가 뜻밖이라는 얼굴을 하고 물었다.

“왜, 너무 일찍부터 얘기한다고?”

“그것도 그렇지만…… 고로 씨는 내년에 미국 대학원에 유학 가기로 했잖아? 휴가를 서로 맞출 수가 있을까?”

“아아, 그 얘기구나. 미국 유학, 안 가려고…….”

고로가 담담하게 말했다.

“안 간다고? 왜? 무슨 일 있어?”

요코는 놀라서 고로의 얼굴을 빤히 쳐다보았다.

“그렇게 놀라지 마. 아무 일 없어. 그냥 조금 생각이 바뀐 것뿐이야.” 고로가 조심스럽게 말하며 요코의 눈치를 살폈다.

“어떻게?”

“병원에서 좀더 일하고 싶어졌어.”

“지금 그 분원에서?”

“응.”

“바로 지난번 만났을 때는 그렇게 분원을 깎아내리더니, 갑자기 무슨 이유로?”

“뭐, 약간 심경의 변화가 있었어.”

고로의 얼굴이 다시 밝아졌다.

"음…… 뭔가 수상해."

고로의 달라진 모습에 요코는 이해할 수 없다는 표정으로 중얼거렸다.

"그럴 수도 있지, 뭐."

"오늘 고로 씨 다른 때와 너무 다른데?"

"그래? 이것 봐 봐. 다른 때랑 똑같지?"

고로는 표고버섯 튀김을 젓가락으로 집어 요코의 앞접시로 옮겼다.

"……있잖아."

요코가 심각해진 얼굴로 말했다.

"뭔데?"

"무슨 일이 있었는지 말해 주면 안 될까?"

요코는 고로의 눈을 가만히 들여다보았다.

"말해 줄 게 없는데……."

"솔직히 얘기해 주면 안 돼? ……난 좀 그래. 우리 각자 직장 다니고, 서로 바쁘다고 예전처럼 자주 만나지도 못하잖아. 그런데 그렇게 중요한 결정을 뒤집어 놓고선, 그냥 '이미 결정했으니까 너는 신경 쓰지 않아도 돼' 하는 것 같아서 좀 그래. ……그냥 얘기해 주면 안 되나?"

솔직한 감정을 실어 말하는 요코를 보며 고로도 미안한 기분이 들었다.

"실은……."

유령 고로의 얘기를 시작하려다 고로는 목까지 올라온 것을 그만두었다. 자신에게 일어난 믿을 수 없는 그 일들을 요코에게 털어놓고 싶었지만, 그렇게 하면 확실히 뭔가 시원할 것 같기도 했지만, 그래도 그러지 않는 편이 좋겠다는 결론이었다. 남에게 얘기하지 않겠다고 유령 고로와 특별히 약속한 것은 아니었고, 또 쉽사리 믿을 만한 얘기가 아니라서 그런 것도 아니었지만, 유령 고로와의 만남은 자신만이 알고 있는 추억으로 남기는 편이 좋겠다고 생각했다.

"왜 그래? 속이 안 좋아?"

말을 꺼내려다 갑자기 입을 다물어 버린 고로의 얼굴을 요코가 심각하게 들여다보았다.

"아니…… 괜찮아."

요코의 말에 고로는 정신이 들어 요코의 질문에 대답했다.

"무슨 특별한 일이 있었던 건 아냐. 다만, 휴가 보내면서 내 자신에 대해 많은 생각을 해봤어."

"어떤 생각?"

"말하자면…… 예를 들어, 내가 왜 의사가 됐나."

이런 말 하기가 겸연쩍었는지 고로가 쑥스러운 웃음을 지어 보였다.

"그렇구나."

"그리고…… 내가 정말로 하고 싶은 일은 뭘까, 뭐 이런 생각들……."

"……"

고로의 말을 심각하게 받아들인 요코는 아무 대답을 하지 않았다.

"이상해?"

"아냐, 전혀. 그래서 어떤 대답을 얻었어?"

"아직 생각 중이야."

고로가 다시 멋쩍게 웃었다.

"하지만 한 가지는 알 것 같았어. 내가 지금까지 살아오면서…… 언젠지는 모르겠는데, 정말 중요한 것을 어딘가에 잃어버리고 왔을지도 모른다고. 무모하게 앞만 보고 달려오는 동안에 말이야."

"……그렇구나." 요코가 고개를 천천히 끄덕였다.

"내가 너무 갑작스럽나? 이해 못 하겠지?"

"아니, 그게 아니라……. 그냥, 고로 씨가 그런 중요한 생각을 하는 순간에 내가 곁에 없었다는 게 좀 그래서……. 미안하기도 하고, 막 화가 나기도 하고, 솔직히 소외감도 좀 느껴지고…….” 요코가 고개를 숙인 채 웅얼거리듯 말했다.

“어? 이게 아닌데? 기분 좋아야 할 분위기에 내가 괜히 쓸데없는 말 한 것 같네.”

예상치 못한 요코의 반응에 고로도 당황스러웠다.

‘요코, 너 때문이 아냐. 모든 게 유령 고로 때문에 생긴 일이야. 고로 때문에…….’

고로는 속 시원하게 털어놓지 못하는 게 답답했다. 요코한테는 괜히 미안했다.

“그러니까 우리 앞으로 더 자주 만나자. 아무리 바빠도 꼭! 알았지? 이번 휴가처럼 같이 시간 못 보내는 일이 앞으로 없도록 서로 노력하기!”

고로가 과장되게 흥분하며 명랑한 목소리로 말했다.

“……알았어.”

자신의 기분을 풀어주려고 전례 없이 노력하는 고로를 보며 요코도 다시 웃음을 띠었다.

“자, 그럼 이것으로 심각한 얘기는 끝!”

두 사람이 마주 보며 웃었다.

“와인 한 잔씩 더 어때?”

“어? 정말로 오늘 달라 보이네. 자기가 먼저 와인을 마시

자고 하다니!"

주문한 새 와인잔이 오자, 요코가 즐거워하며 말했다.

"우리 다시 건배하자."

"좋아. 그럼, 요코의 새 잡지의 성공을 빌며, 건배!"

"그럼 난……."

요코는 고로의 얼굴을 바라보며 싱글벙글 웃고 있다.

"뭐야. 뜸 들이지 말고 빨리 얘기해!"

와인잔을 든 채로 고로가 재촉했다.

"따스해진 고로 씨의 눈동자에 건배!"

요코가 큰 소리로 말했다.

"그런 말 하지 마. 누가 들으면 어쩌려고……."

얼굴이 새빨개진 고로가 주변을 돌아보았다.

9월이 되자, 고로는 '데이토대학병원 분원을 지키기 위한 모임'의 회원이 되었다. 그리고 휴일 오후에는 대부분이 분원 인근 주민들인 회원 사람들과 직접 길거리에 나가 서명을 받는 일에도 참가했다. 고로보다도 먼저 회원으로 가입해 있던 미나가와는 "아니, 고로도 이런 일에 관심을 가졌나?" 하는 반응을 보이면서도 고로의 동참에 기뻐하는 눈치였다.

주민들과 함께 활동을 하면서, 고로는 어느새 분원에 애착을 갖게 되었다. 변변한 시설 하나 내세울 게 없는 낡은 분원이었지만 주민들은 그 존재만으로도 희망을 애기하고 있었다. 고로는 분원의 의사로 일하는 것을 의학계의 막다른 골목으로만 여겼던 자신이 부끄러워졌다.

일상에서는 환자들과 보내는 시간이 많이 늘어나고 있었다. 그래도 휴게실에서 환자나 환자 가족들과 담소를 즐기고 있는 자신을 발견할 때면 고로는 여전히 멋쩍어했다.

고로에게 병원의 존치 문제는 또 하나의 중요한 의미를 가지고 있었다.

'분원이 계속 유지된다면, 언젠가 유령 고로를 다시 만날 수 있지 않을까?'

그렇게 된다는 아무런 근거도 없지만, 그래야 할 필연의 이유도 없는 것 같았지만, 고로는 마음 한구석에 늘 그런 생각을 품고 있었다. 병원이 존재하는 한, 저 피닉스 나무가 뿌리를 박고 저렇게 믿음직스럽게 서 있는 한, 유령 고로와 재회하는 날이 언젠간 올 거라고.

밤 새벽 1시가 되어 중앙정원에 나가 한참 동안 피닉스 나무 아래에 서 있는 날도 있었다. 유령 고로와 함께 불렀던 그 노래를 흥얼거리기도 했다.

어떤 날엔 유령 고로의 모습이 너무 그립기도 했다. 정말 아무 일 없었다는 듯이, 갑자기 유령 고로가 나타날 것만 같기도 했다. 그런 날들이 계속되면서, 지난여름 유령 고로와의 날들이 마치 한 차례의 꿈처럼 여겨지기도 했다.

고로는 유령 고로의 모습을 두 번 다시 볼 수 없었다.

에필로그

9월도 끝나가는 어느 일요일이었다.

고후의 시가지가 내려다보이는 고갯길 중턱에서 택시 한 대가 멈춰 섰다. 의료가방을 손에 든 고로가 택시에서 내려 고갯길을 걸어 올라가기 시작했다. 이미 포도 수확이 끝난 마을에는 곳곳에 코스모스가 흐드러지게 피어 있었다. 저 멀리로 후지(富士)산의 웅대한 모습이 눈에 들어왔다.

'녀석, 제법 좋은 환경에서 자랐구나.'

고로는 가방을 다른 손에 바꿔 들고, 다시 터벅터벅 걷기 시작했다. 10분쯤 걷자, 오래된 기쿠치 의원 건물이 보였다.

유령 고로의 집 앞에서 고로는 한참을 망설였다. 그냥 돌아갈까 아니면 유령 고로의 어머님께 인사를 드리고 가야 할까, 선뜻 마음을 정하지 못하고 있었다.

그때 낮은 돌담 너머에서 누군가 정원 손질을 하고 있는 모습이 보였다. 고로는 과감하게 집 안으로 들어갔다.

유령 고로의 어머니는 곧바로 알아보고 미소를 지으며 고로 쪽으로 걸어왔다.

"고로 씨군요. 오랜만이에요."

"안녕하세요. 이렇게 불쑥 찾아와서 죄송합니다."

"일부러 여기까지 와주셔서 오히려 고맙죠. 마침 정원 손질을 하고 있었는데 괜찮다면 정원도 돌아보시고, 아무튼 잘 오셨어요."

뜰의 화단에는 라벤더색의 꽃이 듬뿍 피어 있었다.

"참 예쁘군요. 무슨 꽃입니까?"

"'잎 못 보고 꽃 못 보고'〔葉見ず花見ず, 석산(石蒜)의 일본어 별명〕라는 꽃이에요."

"'잎 못 보고 꽃 못 보고'요?"

"이 꽃은 4월에 큰 잎이 나오는데 그때는 꽃이 피지 않아요. 그리고 가을에 예쁜 꽃이 필 무렵이면 그때는 이미 잎이 없지요."

"아, 그래서 '잎 못 보고 꽃 못 보고'군요."

"7년 전 내 생일에 고로가 이 꽃의 알뿌리를 보내왔어요. 올해도 꽃이 활짝 피었네요."

"아, 네……."

꽃은 아름답게 피었지만 이파리가 한 잎도 붙어 있지 않은 겹꽃을 바라보며 고로는 조금 안타까운 심정이 되었다.

"고로는 제 아버지를 닮아 외고집이지만 마음은 따스한 아이였어요."

"고로의 아버님은 의사셨더군요. 요전 날 댁을 방문하기 전까지는 전혀 몰랐습니다."

"고로 아버지는 의사는 엘리트여선 안 된다고, 서민들 편에 서야 한다고 입버릇처럼 말했어요. 그 영향이었는지, 고로는 공부는 무시하고 서민적인 감각만 제대로 몸에 익힌 것 같아요." 유령 고로의 어머니가 살짝 웃었다.

그와 동시에 고로의 눈엔 피닉스 나무 아래에서 자신에게 충고하던 유령 고로의 모습이 교차되었다.

'잊지 마. 넌 의사이기 이전에 하나의 인간이란 걸!'

고로를 곁에 두고 쪼그리고 앉아 열심히 화단 손질을 하고 있던 유령 고로의 어머니가 갑자기 생각이 난 듯 말했다.

"참, 깜박 잊을 뻔했어요. 인사가 너무 늦어졌네요. 요전 날은 정말 감사했어요. 덕분에 사쿠라는 그 후에도 벌써 세 번이나 놀러왔지요. 손자 녀석도 나를 너무 좋아하고."

"정말 잘됐습니다." 고로는 만족스럽게 고개를 끄덕였다.

"사쿠라와는 최근에 만난 적이 있으세요?"

"아닙니다. 편지는 받았지만, 아무튼 바빠서…… 누나와는 그 이후로 만나지 못했습니다."

그러자 유령 고로의 어머니가 웃음을 터뜨렸다.

"분원에서 근무하고 계시는 아오야마 고로 선생님이시죠?"

"어? 다 알고 계셨군요."

"예. 그 후에 사쿠라에게 들었습니다."

"저는 그것도 모르고……."

"그리고 제 아들 유령과 만났다는 것도요."

"어, 그것까지요? ……엉터리 연극을 해서 실례가 많았습니다." 고로가 수줍게 미소를 지으며 말했다.

"그렇지 않아요. 모두 아오야마 씨 덕분이에요. 우리를 위해서 필사적으로 노력해 주시고."

"하지만, 그 얘기 믿을 수 있으시겠어요? 제가 고로의 유령과 매일 밤 만났다는 걸?"

유령 고로의 어머니는 고로의 눈을 똑바로 바라보았다.

“난 믿어요.”

“정말이십니까?”

“믿고말고요. 분명 고로는 줄곧 아오야마 씨 같은 사람을 찾고 있었을 거예요. 고로의 얘기를 들어주고 소원을 이루게 해줘서 정말로 고마워요.”

“아닙니다. 저야말로 감사합니다. 아드님 덕분에 전 잊지 못할 여름을 보낸 것 같습니다.”

“그리고, 그 후 어땠나요? 내 아들 고로는 잘 지내고 있습니까?”

“네. 아주 잘 지내고 있습니다.”

“그 아이에 대해 어떻게 생각하세요?”

“아, 부러울 정도로 멋진 남자죠.”

고로의 말에 어머니는 싱긋 웃었다.

“차 마시면서 얘기하실래요? 괜찮다면 고로 이야기를 좀더 듣고 싶어요.”

“기꺼이 모두 말씀드릴게요.”

유령 고로의 어머니를 따라 고로가 집에 들어갔다.

따스한 바람 한 줄기가 고로의 등을 스치고 지나갔다.

현직 의사의 베스트셀러 소설

– 어딘가에서 잃어버린 소중한 것을 찾아서

한성례 (시인·번역가)

명문 의대를 우수한 성적으로 졸업한 레지던트 고로는 한여름 밤에 자신이 근무하는 낙후된 병원의 중앙정원에서 유령 고로와 만난다. 환자보다는 연구 논문에 열심이고 엘리트 가도를 달려온 콧대 높은 고로는 제멋대로인 유령 고로의 태도에 반감을 갖는다. 하지만 그의 비밀을 알게 되면서 자신도 모르게 그를 위해 헌신하게 된다.

극한 상황의 중환자들이 입원해 있는 내과 병동, 그곳에서 생을 마감하는 사람들을 냉철하게 의료 연구의 대상으로서만 취급해 온 의사 고로. 그는 유령 고로에게서 "의사이기 이전에 한 인간임을 잊지 말라"는 충고를 듣고 반발하지만, 결국은 자신이 '왜 의사가 되었는지'를 잊고 있었음을 깨닫는다.

이 작품은 내과의사 고로가 한여름 동안 유령과의 교류를 통해 인간적인 마음을 되찾아가는 모습을 그린 판타지 소설이다. 읽다 보면 저절로 웃음이 나오고 재미있고 독특한 맛을 느낄 수 있지만, 그 경쾌함 속에 문득 가슴이 뭉클해져서 눈물짓게 되는 순간이 있다. 그것은 사람에게 소중한 게 무엇인지를 깨닫게 해주는 순간이다.

정말로 우리는 가장 소중한 것들을 어딘가에 잃어버리고 왔을지도 모른다. 무모하게 앞만 보고 달려오는 동안에…….

이 소설에는 야심을 품은 사람, 매사에 자신이 없는 사람, 제멋대로인 사람, 남을 배려하는 사람 등 현대사회의 군상들이 모두 응축되어 있다. 현실적인 내과의사 고로와 꿈을 좇아간 뮤지션 고로는 언뜻 다른 사람 같지만, 우리들 누구나의 마음속에 공존하고 있는 두 가지 인간형이 아닐까 싶다.

소설 속에는 작가의 이력이 강하게 스며 있는 경우가 많다. 이 소설을 쓴 작가 가와후치 게이이치(川渕圭一)도 현직 의사이고 배경이 병원이므로 특히 그 정도가 더할 것이다.

그는 지금의 길에 들기까지 가파르고 먼 길을 돌아왔다.

아버지는 도쿄대 의대 출신의 이름 난 뇌신경외과 의사였는데, "무슨 일을 하든지 일류가 되어야 한다"고 늘 완고하게 말했다. 그런 아버지에게 반발심이 생겼고 스트레스가 컸다. 그래서 절대로 아버지와 같은 길을 가지 않겠다고 다짐한다.

작가는 가장 좋은 대학에 가고 싶다는 마음 하나만으로 도쿄대 공학부에 입학한다. 그리고 동시에 집을 떠난다. 하지만 기계는 별로 좋아하지 않아, 대학에서 목적 없는 시간을 보내고 있을 뿐이었다.

그러던 어느 날 학회 참석차 도쿄에 온 아버지와 만나게 된다. 오랜만에 만난 아버지는 성격이 너그러워져 있었다. 마음이 약해 걱정이라는 작가에게 아버지는 "넌 남다르니까 괜찮다. 뭐든 잘할 수 있다. 지금 그대로도 충분하다"라고 따스한 눈길로 대답해 주었다. 아버지를 뒤로하고 호텔을 나왔는데, 그것이 작가가 목격한 아버지의 마지막 모습이었다. 그로부터 몇 시간 뒤 호텔에 큰불이 나 수십 명이 불에 타 숨지게 되는데, 그 속에 아버지도 포함되어 있었던 것이다.

아버지의 죽음은 그에게 너무 큰 충격이었다. 대학 졸업 후 진학이 정해졌던 대학원은 처음부터 나가지 않았고, 슬롯머신 업소에 드나들기 시작했다. 거기서 돈을 따 생계를 이어갈 만큼 도박에서 헤어 나오지 못하면서도 이대로 평생 살아갈 수는 없다는 초조감과 고통에 몸부림쳤다. 그 후 회사에 취직해 직장 생활을 시작하지만 일에는 열중할 수가 없었다. 결국 옮긴 직장에서도 해고를 당했다.

비좁은 단칸방에서 하루 종일 누워서 보내며, 외출이라곤 사흘에 한 번 근처 편의점에 식료품을 사러 나가는 게 고작인 시절이었다. 걱정이 되어 어머니가 가져온 약도 쓰레기통행이었다. 제발 이대로 자신을 내버려 뒀으면, 그런 심정으로 살았다.

서른이 되자 "이제 뭘 해야 하지?" 하는 생각이 들었다. 그때 그를 진찰한 의사는 우울증이라는 진단을 내렸다. 그런데 치료를 받으러 다니던 그 병원에서 우울증 치료제 대신에 삶의 길을 찾게 된다. 사람을 살리기 위한 병원에서 정작 환자들은 무시당하기 일쑤인 현실을 보며, 그는 의사와 병원에 대한 신념을 확립하게 되고, 자신이 추구하는 의사의 이미지를 구축하게 된다. 아버지와는 결코 같은 길을 가지 않겠다고 다짐했던 그가 마침내 의사의 길을 가기로 결심하게 된다. 그때부터 마음을 다잡고 다시 공부를 시작했고, 명문 교토대 의대에 합격한 그는 서른일곱의 나이로 대학병원 레지던트가 되었다.

'문장은 알기 쉽고, 지루하지 않고, 유머 있게'라는 게 이 작가의 글쓰기 모토다. 가능한 한 많은 독자가 읽어주기를 바라는 마음에서라고 한다. 현재 고통스러운 시간을 보내고 있는 모든 사람들에게 "지금 힘들어도 괜찮다"는 말을 전하고 싶다 한다. 그는 대학 졸업 후 방황한 7년간의 시간은 자신이 받은 가장 큰 선물이라고 여기고 있다.

현직 의사이면서 베스트셀러 작가인 이력과 그의 소설은 지금 일본에서 화제를 모으고 있다. 『내과의사 고로와 유령 고로』는 일본독서추진운동협의회가 발행하는 《일본독서신문》 선정 '2007 젊은이에게 권하는 필독서'에 포함된 소설이다. 가족 모두가 함께 읽을 만한 책은 그다지 많지 않은데, 이 작품은 아이에서 어른까지 누구나 감동받을 만하다.

번역을 마치고 작가 소개를 위해 자료를 부탁했는데, 작가는 한국판 출간에 대한 다음과 같은 소회도 동봉해 주었다.

"제 소설 『내과의사 고로와 유령 고로』를 한국의 독자들이 읽어주신다고 생각하니 기쁘고 가슴 설렙니다. 저는 의사 일을 하면서 5년 전부터 일 년에 한 권 정도씩 책을 쓰고 있습니다. 2006년에 출간된 『내과의사 고로와 유령 고로』는 제 다섯 번째 책입니다.

제 자신도 20대에 긴 방황을 하고 어두운 터널을 빠져나왔습니다. 그래서 지금 몹시 힘들고 지치신 분, 특히 젊은이들

에게 작으나마 희망을 주고 꿈을 갖게 하고 싶은 염원에서 소
설을 쓰고 있습니다.”

내과의사 고로와 유령 고로

원제_ 痼郎とゴロー

초판 1쇄 인쇄_ 2007년 10월 24일
초판 1쇄 발행_ 2007년 10월 31일

지은이_ 가와후치 게이이치
옮긴이_ 한성례

펴낸곳_ 바이북스
펴낸이_ 윤옥초

편집팀장_ 임종민
편집팀_ 이성현, 곽종정, 이정환, 김주범, 김한나
디자인팀장_ 최승협
디자인팀_ 김경란, 이지현

등록_ 2005. 06. 30 | 105-90-92311호

ISBN_ 978-89-92467-08-7 03830

서울시 마포구 동교동 203-9 4층
편집 02)333-0812 | 마케팅 02)333-9077 | 팩스 02)333-9960
이메일 postmaster@bybooks.co.kr
홈페이지 www.bybooks.co.kr

책값은 뒤표지에 있습니다.

바이북스는 책을 사랑하는 여러분 곁에 있습니다.
독자들이 반기는 벗 - 바이북스